화
담

다시 작가들 09

화담

경번 첫 소설집

다시
문학

차례

추천사 | 경번이라는 작가에게 부치는 글   007
　　　　　채희윤 (소설가)

여는글 | 젖은 속옷을 말리는 일   014
　　　　　김윤정 (서평가)

마침내 서서히, 빈 집   021
사우다드   053
화담   087
진홍토끼풀밭에 밤이 내리면   115
연화, 마주치다   149
너를 기억한다   175
굿문, 시인의 까망 이슬   205

해설 | 집의 부재, 떠도는 주체들   227
　　　　이송희 (시인 · 문학평론가)

　　　　　　　　　　　　작가의 말   253

추천사 | 채희윤 (소설가)
경번이라는 작가에게 부치는 글

여는 글 | 김윤정 (서평가)
젖은 속옷을 말리는 일

| 추천사 |

경번이라는 작가에게 부치는 글

채희윤 소설가

"뭐야, 또 왔나?"

나는 클래식 음악을 좋아했기 때문에 혼자 조용히 음악을 듣고 싶은데도, 그래서 그다지 반기지 않는데도 불구하고, 특별히 볼일이 없는데도, 그 학생은 연구실을 수시로 드나들었다. 내 방에만 그러나 할작시면, 이웃 동료 교수 방에도 그러는 모양인지 일이 있어 방문할 때 가끔 부딪히기도 한 것을 보면 일상인 듯했다.

"그냥 두세요. 뭐 어지럽히지도 않고, 말도 없고, 바쁘면 곧잘 돕기도 하고, 교수님들이 지금 뭘 읽으시나 서가도 한번 점검하고, 캠퍼스 멍하니 바라보고 있다가, 커피 안 주면 알아서 마시기까지 하는데요, 뭘."

심상한 동료 교수의 말에 오히려 의아했다. 그랬다, 이 작가는 좀 그랬다. 이 작가의 학부 시절은 무시로 선생님들에게 드나들고, 일하는 속도를 견주다가, 생각나는 것-작가나 작품들-을 살짝 묻고, 커피를 주지 않아도 스스로 내려서 마셨다. 눈치 보는 성격은 아예 아니고, 싫어하는 줄을 모르니, 싫음도 받지 않은 성격이었다. 그래서일까, 나는 빨리 등단할 싹이 있다고 보았는데……. 실망스럽게(?)도 학부 끝내고 문득 사라졌다. 좀 더 나를 괴롭혔으면, 그래서 좀 더 나무랐으면, 소설가가 빨리 되었을까? 그것은 긴 작가의 생활이 아닌 듯해서 놓아두었다.

그러더니 어느 날 갑자기, 문득 나타났다. 큰 키로 약간 구부정한 전체적 인상은 변하지 않았는데, 뭔가 좀 멋진 사람으로 변했다. 외모의 변화라기 보다는 성숙한 내면의 깊이를 살짝 얹은 모습으로. 그건 전화가 먼저였는데, "선생님 저 대학원 다녀요."였다. 그러면서 내가 아는 선생들에게 공부한다고, 밝게 말했다. 아마 내 대답이 이랬을 것이다. "이제 속 차렸나? 넌 좀 빨리 시작해야 하지 않았냐?" 아마 또, "잘은 모르지만, 자네 소설은 얼음 같아 차갑지만, 대신 맑고 투명한 글을 쓰는 작가가 될 듯하기도 한데……." 정도 첨부하지 않았을까, 평소 이 작가에 대한 나의 막연한 판단을 기준 삼아.

그리고 또 몇 년이 지나며 신춘문예나 문학잡지에 경번의 이름이 있지 않을까 하고, 심사평까지 읽어야 하는 수고를 했다. 물론 찾지 못했지만 말이다. 더러는 전화로, 사람들을 통해서 그녀 이름을 듣곤 하면서 세월이 흘렀다. 그러다가 전화가 왔다. "대학원 다녀보려고요."라고 말했다. 또? 이미 학위 받지 않았나? 벌써 몇 년인데? 아주 짧은 휴지(休止) 다음에, "상담심리대학원요, 선생님네 학교요." OMG! 두 가지 질책거리가 동시에 떠올랐다. "아이고! 우리, 공부로는 만나지 말자. 소설만으로 만나자." 아마 내 첫 반응이었을 것이다. 다른 하나는, "선생님네 학교가 아니라, 네 모교지." 기억이 정확하다면 그랬다. 너무 놀라서 차마 발화까지는 되지 못했던 말도 있었다. '학부 때는 그다지 공부하지 않은 친구였는데. 그리고 무엇보다, 재능은 있는 듯한데, 무슨 공부람, 소설이나 진지하게 쓰지. 아이고야. 더군다나 공부보다 뭔가 다른 것에 더 흥미를 갖고 있었던 것 아냐?'

경번이 그 뒤에 광주로 다니러 왔다. 먼 길을 뭘 올 필요 있나? 전화나 전자우편 문자로도 가능한데 굳이 내려왔다. 그러나 저간 사정을 알고 보니, 그동안 광주를 적잖게 오갔던 모양인데 학교에는 들르지 않았던 사실을 알고 아주 괘씸했다. 하지만 무엇보다 정말 놀랐던 것은, 경번이 처음으로 자신의 개인적 이야기를 비교적 정확하게 했다는 것이다. 그동안 사생활에 대해선 거의 전무全無하다시피 했으니. 자신이 왜 상담학을 공부해야 하는지. 그리고 현재 그녀가 어떤 일을 하며 살아가고 있는지. 그제야 이 작가가 갖고 있던 조금 성숙한 인간적 모습에 대해서 이해하게 되었다. 그러나 사실은 난 진즉 이 작가의 흐린 미래를 유추할 수 있었다. 적잖은 행동의 편린들을 지켜봐야 했으니……, 아마 그런 오랜 인연으로 이런 어려운 일을 선생에게 시키는 것으로 여긴다.

내가 대학신문방송 주간 교수 보직을 맡고 있을 때, 이 작가가 학보사 편집국장이었다. 아까 말한, 학창 시절 다른 것에 더 관심이 있었다는 것은 그런 이야기이다. 4주 8매 발간 신문을 만드는데, 과도할 정도로 열심이었다. 오탈자부터 시작하여, 편집에 이르기까지 네 명의 정기자, 네 명의 수습기자가 만드는, 말 그대로 한 기자가 한 면 맡는데 뭐가 그렇게? 지방사립대학 신문사가 그렇게 쉽게 굴러가리라고 생각하시면 크게 잘못 생각하신 것이외다. 우리 대학은 특히 그랬는데, 사실 기사 쓰기부터 면 정리까지 정말 만만치 않은 일을 과도하게 열심히 했다. 경번 작가는 학업이나 창작 활동보다 신문 만들기에 폭 빠져 있는 듯해서, 때로 학점이 나오지 않을 땐, 불러서 충고도 하고 그랬다. 기자들과 주간 교수의 마찰, 국장과 평기자의 마찰, 한국 언론계에 여전히 상존하는 그런 갈등이 우리 학교에도 여전히 있었다. 특히 여대女人라는 특수성이 작동할 때는 한정 없이 수렁으로 낙하한다. 그 과정을 통해서, 이 작가의 여러 부분을 잘 볼 수 있었고, 백의종군白衣從軍이라는 곤경에서도 너끈히 이겨 내어 준, 작가 경번에게 아직도 고맙다.

  시간이 한참 흐른 어느 날 또다시 경번이 나타났다, 그야말로 불쑥. 소설가로 등단이 되었다고 했다. 체증이 내려가듯이, 가슴이 시원하게 뚫렸다. 고교 때부터 이미 갖춰진 늦은 있었으니, 조금 늦었다고, 암, 그렇지. 대기만성이라는 사자성어에 딱 들어맞는 사건이 내심 반가웠다. 그리고 아마, "늦은 법은 없다. 이제부터 쓰면 되는 거 아니냐? 잘 되었다. 넌 언젠가 할 줄 알았다."고 말했던 것 같다. 그리고 다른 교수님들에게도 전화 드리라고 덧붙였다. 가끔 신작이 실린 문학잡지와 동인지를 보내 주곤 했다. 자신이 등단한 문예지에 대한 애정도 많은 듯해서, 노력하라는 당부도 했다.
  그런데 얼마 되지 않은 날, 경번이 소설집을 내려는데, 선생님에게 글을 부탁한다고 한다. 제일 골치 아픈 일이 이런 일이다. 해서, 표사表辭 몇 줄이면 써 주겠다고 했더니, 참 주문도 복잡하다. 그것은 다른 교수님이 쓰시기로 했다며, 내게 이런저런 설명을 하기에 일단 고사를 했다. 알다시피 나는 손이 느리고, 논문을 제외하곤 개별적 작품 언급은 거의 하지 않는 편이다. 강의실에서 이뤄지는 연구를 제외한다면, 문학을 학문적 대상으로 봐야 할 특별한 경우는―내 스스로 글을 쓰는 작가임을 과도하게 의식하는지―피하고 싶다.

어떻든, 마침내 경번 작가의 요구대로 이런 글을 씀으로써, 최소한의 지도교수로서의 나의 책임을 마감하려 한다.

아참, 그렇다. 경번, 작가의 필명에 대해 말해야겠다. 경번景樊은 '난설헌'의 호이다. 당시 나와 같이 근무했던 교수가 작가에게 하사(?)한 호 비슷한 예명이었다. 한문학을 전공한 분이니 오죽 골랐을까마는, 어감이 주는, 또 너무 어린 학생에게 준 예명치곤 어렵다는 생각이었다. 그런데 본인은 예명이 무척 마음에 들었는지, 작가가 되기도 전에 사용했으며, 등단하고 나선 경번을 필명으로 쓰며 본격 작가로 활동하는 것이, 그녀 난설헌을 닮았다.

경번은 글보다 더 좋은 인간임이 분명하다. 하지만 작가는 글로서 자신의 내부를 밝혀, 독자들을 치유하는 하나의 치유사일 수도, 정신과 의사일 수도, 신앙적 안내자일 수도 있다. 그러한 부분에서 경번의 소설은 자리를 지키며 오래 존재할 수 있을 것을 믿으며, 이런 말을 해 주고 싶다. 좀 더 고독하게 쓰라고. 좀 더 아파하며, 창작의 고행을 맨발로 나서라고!

| 여는 글 |

젖은 속옷을 말리는 일

김윤정 서평가

 경번의 소설에는 지는 사람들이 많다. 버려지는 사람이라고 하는 것이 더 맞는 말이겠다.
 "남편의 주먹질에 눈은 상습적으로 시퍼렇게 멍이 들어 있곤 했"던 「마침내 서서히, 빈 집」의 여자는 "남편과 나누어 쓰던 서랍장"이 "정확히 세 칸이 말끔히 비어 있"는 것을 통해 남편의 부재를 알아차린다. 「사우다드」의 남자는 여자의 "배가 조금씩 불러올 무렵" 한마디 말도 없이 도망쳐 버렸다. 「화담」의 화자인 나는 술빵을 가득 쪄 놓고 "엄니가 내 곁을 떠났다는 것을" 알면서도 "동네 어귀에서 종일 기다"린다. 「진홍 토끼풀밭에 밤이 내리면」에는 현석의 사랑을 갈구하는 설희와 설희만을 바라보는 동운이 있다. 자신을 사랑하지 않는 상대의 품을 기어이 파고드는 것은 외로움의 극치이다.

외로운 영혼들은 보통의 사람들에게는 보이지 않는, 오로지 자신처럼 외로움에 지친 사람들끼리만 알아볼 수 있는 어떤 표식 같은 게 있기라도 한 걸까. 「연화, 마주치다」의 나와 한사라는 묘한 동질감을 느낀다. 「너를 기억한다」의 지유와 해원도 그렇다. 외로움에 몸부림치는 사람들.

그들은 어둠으로 내동댕이쳐졌다. 기꺼이 버려졌다. 하지만 결코 그들은 좌절하지 않는다. 「사우다드」의 여자는 자식처럼 길렀던 난 두 점이 죽었을 때에도, "이제는 심장이 뛰지 않아 빛도 보지 못하고, 눈물조차 뭔지 모른 채 연붉은 자궁 속에 맺혀 있었던 한 점 생명이 말랑거리는 제 손가락 한 번 빨지 못하고 죽어서 나왔"을 때에도 아무도 원망하지 않았다. 마침내 산책 나갈 수 있는 화사한 날을 기다리며 창가에 가시 돋친 선인장을 치우고 제비꽃이나 설앵초 같은 연약한, 손을 많이 타는 꽃을 맘껏 길러 보고 싶다고 생각한다.

그녀가 키우고 싶은 것은 꽃이 아니다. 앞으로의 시간이다. 사랑에 상처받지만, 다시 사랑으로 치유되기를 원한다. 시간이 있다면 말이다. 그래서 그녀는 시간을 키우고 싶은 것이다. 시간이 허락된다면, 치유는 그다음 일이다.

치유는 어디서부터 시작되는 것일까.

어린 시절 비 온 뒤 땅속에서 기어 나온 지렁이에게 소금을 뿌린 적이 있었다. 느릿느릿 기어가던 모양새와는 달리 소금이 닿자마자 지렁이는 몸을 이리저리 비틀어가며 미친 듯이 몸부림치다가 어느새 말라 죽어버렸다. 소금이 물을 빼앗기 때문이다. 하지만 소금이 하는 일은 더 있다. 생선뿐만 아니라 무나 오이같이 한 철인 식재료를 소금에 절이면 수분기가 빠져나가서 한동안 저장해 두고두고 먹을 수 있게 된다. 소금은 물기를 빼는 대신, 더 오래 가져갈 수 있게 한다.

경번의 소설은 소금이다. 상처에 소금을 뿌리면 아픈 곳을 더 후벼 파듯 쓰리고 따갑다. 애써 감춰 두었던, 아무에게도 말하고 싶지 않은 상처를 따갑게 한다. 상처가 난 자리가 여기라고 알려 준다. 속을 뒤집어 꺼내어 보게 만든다. 아픔을 직시하면서 한바탕 울게 만든다. 울고 나면 다시 잘 싸매어 깊은 곳에 넣어 놓을 수 있다. 쓰디쓴 칡뿌리도 계속 씹으면 단맛이 나는 것처럼 잘 넣어 둔 상처를 오래 곱씹으면 달아진다. 달아진 상처는 나를 살게 한다.

치유는 내 안에서 상처를 씹고 씹어서 달아질 때 시작된다고 나는 생각한다. 때로 우리는 타자의 공감이나 지지로 슬픔을 위로받을 수 있다. 하지만 어떤 아픈 기억들은 아무도 나를 위로할 수 없다. 온전히 나만이 위로할 수 있는 슬픔이 있다. 그러므로 나로부터 출발해서 내 안에서 끝나는 치유야말로 가장 온전한 치유라고 생각한다.

"이 모든 고통이 아마도 자기 자신을 통해서 달래진다는 것을 희미하게 깨달아 가고 있다."

나는 경번의 오랜 친구의 자격으로 소설집의 편집을 맡았고, 이렇게 여는 글을 쓰고 있다. 그녀의 소설을 가장 먼저, 가장 많이 읽어 온 독자의 자격이기도 했다. 처음이라 부담스러웠다. 그러나 그녀의 슬픈 얼굴을 가장 많이 본 사람이 써야 한다면 그건 바로 나다. 우리가 삶의 여정을 함께 걸어온 시간이 곧 이십오 년이 된다. 짧지 않은 시간이었다.

사람은 누구나 살면서 슬픈 얼굴이 될 때가 있다. 경번은 소설 속 주인공들을 통해 저마다의 상처를 정직하게 바라보기를 권한다. 그들은 가난하고, 버림받고, 실연의 상처와 배신의 아픔을 가지고 있다. 약하고 슬픈 자의 얼굴을 하고 있다. 하지만 그들은 상처받기를 주저하지 않는다.

상처를 내 안에 차곡차곡 쌓아서 담을 만들 필요는 없다. 그렇다고 다 잊어버릴 필요도 없다. 잊히지 않은 기억들은 낡은 사진첩의 사진처럼 가끔 꺼내 보며 바람을 쐬어 주는 것도 좋다. 가끔은 울어도 괜찮다. 그러면 기꺼이 웃는 날이 오기 마련이다.

그들은 아마 오늘도 "슬픈 얼굴로 뜻밖의 여정을 멈추지 않"고 걸어가며 "젖은 속옷을 말리는 일을 하고 있"을 것이다.

올해 초에 원고를 받고 두 계절이 지났다. 편집을 마친 지금까지 마음속에 남는 구절이다. 젖은 속옷을 말리는 일……. 젖은 속옷은 아무에게도 쉬이 보여 주고 싶지 않은 것이다. 나조차 보고 싶지 않은 것일 수도 있다.

어느 날엔가 볕이 허락한다면, 아무도 보고 있지 않다고 느껴질 때, 아무렴 이제 괜찮다고 느껴질 때, 그제야 비로소 속옷을 꺼내어 말릴 수 있다. 겨우 꺼내어 말리고 싶어질 때가 온다.

경번에게는 지금이 그때인 듯싶다.

편집자의 자격으로 경번에게 '독자들에게 어떤 이야기를 해 주고 싶은지'를 물었다. 그녀는 웃기만 할 뿐 아무 말도 하지 않았다.

경번의 문장이 때로 소금이 되기도, 때로 화사한 볕이 되기도 할 것이다. 나는 그녀의 글이 아픈 누군가를 애써 위로하기를 바라지 않는다. 다만 저마다 자기의 젖은 속옷을 꺼낼 수 있는 아주 작은 용기를 북돋아 주었으면 좋겠다. 그래서 슬픈 얼굴을 하고 있어도, 뜻밖의 여정에 주춤거리지 않고 걸어 나갈 수 있기를 바란다.

경번이 그러했고, 내가 그러했듯이.

마침내 서서히, 빈 집

균열은 미세하지만 청결한 세면대 위의 부주의한 머리카락처럼 선명하다. 여자는 녹슨 줄자의 끝을 팽팽히 당겼다가 놓는다. 무뎌 보이는 모양새와 달리 줄자는 순식간에 여자의 손등을 할퀴고 제 집 속으로 빨려 들어간다. 선홍색 핏물이 금세 배어 오른다. 여자는 미간을 조금 찌푸렸을 뿐 아랑곳하지 않는다. 불의의 일격에 손등을 베이는 일쯤이야 익숙하다. 오히려 상처의 결을 따라 망설이는 듯 조금씩 배어 오르는 따뜻한 피가 안도감을 준다. 여자는 한결 홀가분해진 표정으로 다시 줄자의 끝을 잡아당긴다. 줄자의 한쪽 면은 붉은 눈금의 센티로, 다른 한쪽은 녹색 눈금의 인치로 표시되어 있다. 여자는 붉은색 센티 눈금이 칠 자를 가리킬 때까지 힘들게 숨을 참는다. 창백하던 귓바퀴가 일순 분홍색으로 물든다. 조리용

계량 저울 위에 정확히 삼십 그램의 껍질콩을 올려놓아야 할 때처럼 줄자를 쥔 손끝이 한없이 신중하다. 여자가 가까스로 줄자를 칠 자에 맞추었을 때, 주방에서 오래전부터 끓고 있던 커피 물은 완전히 졸아들었다.

여자는 정사각형의 타일이 질서정연하게 박혀 있는 욕실 바닥에 조심스럽게 줄자를 내려놓는다. 십일월의 새벽인 데다 지어진 지 오래된 주택 특유의 천장이 높은 욕실 바닥은 얼음처럼 차갑다. 하지만 여자는 맨발이다. 그녀의 맨발은 석고로 빚은 것처럼 새하얗다. 여자는 주름이 풍성한 면 치마를 허벅지까지 둘둘 말아 올리고는 엄지발가락 끝으로 칠 센티미터 눈금에 맞춰진 줄자를 고정한다. 그리고 허리를 깊숙이 숙여 줄자와 눈금을 다시 한 번 확인한다. 여자의 눈빛은 새치를 고르는 핀셋처럼 집요하다. 자기의 맨눈으로 분별할 수 있는 한 치의 오차도 없이 완벽한 칠 센티미터임을 재차 확인하고 나서야 줄자의 끝을 세게 누르고 있던 엄지발톱을 살짝 떼 낸다. 줄자는 율동적인 소리와 함께 청색 테이프가 단단히 감긴 틀 속으로 빠르게 빨려 들어간다. 너무 힘을 주고 있었던 탓인지 줄자가 빨려 들어가고도 한참이 지난 후에야 창백해져 있던 엄지발톱에 핏기가 돈다. 시간이 지나치게 많이 흐른 것 같다.

여자는 허벅지까지 말아 올려 쥐고 있던 치맛자락을 아예 허리 고무줄 사이로 쑤셔 넣는다. 치마 밑으로 드러난 다리는 비현실적일 만큼 곧고 길다. 흰 다리에 검은 멍 자국이 타이츠처럼 휘감겨 있다.

　여자는 성큼 플라스틱 욕조를 밟고 올라선다. 욕조는 폭이 좁고 깊다. 마치 요람搖籃 같다. 여자는 뒤꿈치를 살짝 든 상태로 욕조의 가장자리에 서서 잿빛 석회가 거칠게 발라진 천장을 올려다본다. 그러곤 무언가 여의찮은 듯 주춤주춤 몇 걸음 이동해 본다. 무게 중심이 실리는 방향이 바뀔 때마다 욕조가 삐걱거린다. 여자는 그 소리가 간혹 자신을 서두르게 만든다는 걸 잘 알고 있다.

　어느 날은 천장이 높은 욕실을 울리는 그 소리 때문에 욕조 한가득 데일 것 같은 뜨거운 물을 틀어 놓고 옷을 입은 채 짐승처럼 운 적도 있다. 균열은 천장과 벽면이 만나는 모서리에 교묘하게 숨어 있다. 그걸 이미 알고 있으므로 조급해하지 않아도 된다. 상체를 조금 더 뒤쪽으로 젖혀 본다. 뒤꿈치를 높이든 채 발가락 끝으로 지탱하며 서 있던 여자의 발이 에스 자 모양으로 꺾이며 검푸른 힘줄이 선명하게 도드라진다. 그러자 텀블링하듯 가볍게 그녀의 몸이 세면대 위에 우뚝 선다.

　여자는 그 자신조차 깜짝 놀란 것 같은 표정을 짓고 있지만 겨드랑이에 끼고 있던 줄자를 빼내 균열을 재는 잽싼 동작은 거의 이골이 나 있다.

 균열이 시작되는 지점에 센티 눈금의 자를 정확히 고정하고 끝나는 지점까지 천천히 줄자를 잡아당긴다. 센티와 센티 사이에도 붉은 눈금이 촘촘히 들어차 있어 눈금과 눈금 사이를 세심하게 읽어야 한다. 여자는 재빠르게, 그러나 조금도 서두르지 않고 균열의 길이를 두 번 측정했다. 그리고 욕조가 삐걱거리는 소리를 낼 겨를도 없이 세면대에서 욕조로, 욕조에서 타일 바닥으로 단번에 내려선다. 결과는 같다. 칠 센티미터.

 지어진 지 오래된 이 집이 마침내 서서히 붕괴하여 가고 있다는 걸 알아차린 직후부터 지금까지 균열은 변함없이 칠 센티미터에 머물러 있다. 하지만 여자는 잠을 자는 동안에도 부풀어 오르는 식빵의 갈색 표면이 탁탁 터지는 것 같은 선명한 소리를 들었다. 소리는 좁고 긴 복도의 허술한 합판을 타고 그녀의 침실까지 전달되고 있었다. 여자는 소리를 따라 밤바람이 스며드는 복도의 벽에 뺨을 대고 더듬더듬 걸었다. 깜깜한 복도에서 몇 번이고 길을 잃었다. 선명하게 그녀의 발걸음을 재촉하던 소리가 어느 순간 뚝 끊기고 나면, 한참 동안 꼼짝 못 하고 서 있다가 날이 희미하게 밝아 올 무렵에야 간신히 침실을 찾아 기어들곤 했다. 소리의 진원지가 복도 맨 끝의 욕실이라는 걸 안 것은 불과 삼 개월 전의 일이다. 청보랏빛 어둠 속에서 한껏 예민해진 청각이 기어이 그녀를 굳게 닫힌 욕실 문 앞으로 이끌었고, 여자는 거칠게 문고리를 돌렸다. 그러곤 전등 스위치를 올리자마자 불개미의 대열처럼 살아 움직이는 선명한 균열을 보았다.

발가락이 곱아 오기 시작한다. 여자는 치맛자락을 빼내어 곧추세운 무릎을 덮는다. 자꾸만 고개가 꺾이려 한다. 먹이를 주어 자라게 할 수 있는 거라면 칠 센티미터에서 유보된 놈의 발육을 돕고 싶다. 날마다 조금씩이라도 자라 준다면 훨씬 덜 무서울지도 모른다.

*

양파는 여자가 좋아하는 요리 재료다. 간단히 소금 간을 한 후 빵가루를 묻혀 바싹하게 튀기면 맥주를 곁들여 한 끼 식사로 그만이다. 요즘처럼 완전히 입맛을 잃어 소량의 섭생으로 눈에 띄게 몸이 말라 갈 때도 양파 수프만큼은 접시 바닥이 보이도록 말끔히 비우곤 했다.

부드럽고 쌉쌀하고 달큰한 전혀 다른 맛들이 하나의 재료 속에서 친구처럼 어울리고 있다는 게 수상하다. 가끔 젓가락질을 멈추고 생양파의 껍질을 한 겹 한 겹 벗겨 가며 씹어 본 적도 있다. 껍질을 벗길수록 단맛은 줄고, 요리에서는 전혀 느끼지 못했던 매운맛이 속껍질에 도사리고 있다가 방심한 혀끝을 벌처럼 쏘았다. 양파와 관련한 여자의 입맛은 이제 놀랍도록 발달하였다. 혼자서 짜장면을 시켜 먹을 때조차 춘장을 묻힌 생양파를 씹어 먹으며 '이건 속껍질이군', 맞은편 벽을 보고 말해 주지 않고는 못 배길 만큼.

"이 양파들은 다 어쩌죠? 한꺼번에 다 까 놔서 오래 두고 먹기도 나쁠 텐데……, 바깥분도 출장 중이라는데 더구나 이걸 다 어째?"

아들을 먼저 저세상으로 보낸 후에 학 알을 접어 유리병을 채우기도 하고, 껌 종이의 은박지만 골라 실물 크기의 종이 새를 접기도 하고, 노래 교실에 등록해 날마다 두 시간씩 노래를 부르다가, 여자의 공방工房에 오게 되었다는 중년中年이 모처럼 입을 연다. 여자는 양파 껍질을 벗기다 말고 유약해 보이는 그녀의 옆얼굴을 응시한다. 중년이 여자의 공방에 온 지 육 개월이 넘었지만, 아직 이름조차 모른다. 그녀는 늘 말이 없다가 갑자기 띄엄띄엄 한마디씩 하곤 했다.

"전엔 노래 교실에 다녔죠. 날마다 두 시간씩 노랠 불렀는데 실력이 늘지 않았어요."

색색의 염료가 들어 있는 유리병 안에 속이 빈 달걀을 넣어 놓고 껍질에 염료의 색이 배기를 기다리는 동안 불쑥 그렇게 말문을 연 게 처음이었다.

"노래 교실에 다니기 전엔 새를 접었더랬어요. 껌 종이의 은박지만 골라 접었는데도 커다란 새들이 금방금방 만들어지곤 했어요. 수천수만 개의 작은 새들을 포개 아주 커다란 어미 새를 만드는 일이었죠. 그땐 껌을 너무 많이 씹어 턱관절염이 악화했을 정도였답니다."

비눗물 속에 연파랑 색 오리알을 띄워 놓고 스펀지로 정성껏 닦아 내다가 또 불쑥 한마디씩 하는 식으로 중년의 말은 끊길 듯 이어졌다.

"필요하면 가져다 쓰세요. 피클을 만들어도 좋지 않을까요?"

여자는 다정하게 대꾸한다. 중년이 희미하게 웃으며 여자를 바라본다. 그녀의 웃는 눈이 속을 비워 낸 오리알처럼 공허하다.

"아니 난 됐어요. 우린 마른 멸치 서너 개면 찬으로 족한 사람들이라……, 자식 먼저 보낸 죄인들이……."

"아, 네……."

중년은 몹시 야위었다. 된밥 삼키듯 꾸역꾸역 살자니 그 모양이 되었을 것이다. 아직 결혼 전이었다는 아들의 속옷을 하얗게 삶으며 살 땐, 어떤 모습이었을지 문득 궁금해진다. 그녀가 하루에도 몇 번씩 치웠다 꺼냈다가 하고 있을 아들의 사진도 보고 싶다. 중년을 닮았다면 피부가 희고 턱선이 아름다울 것이다.

'혹시 남편이 세상을 떠났다면 어땠을까?'

"양파 껍질 알 공예는 가장 간단한 기술 중의 하나예요. 진한 오렌지빛 갈색이 나올 때까지 우려냈다가 그 염색 물속에 달걀을 넣고 끓이기만 하면 완성된 거나 마찬가지거든요. 연한 색을 원하면 약한 불에서 사 분 정도, 진한 색을 원하면 센 불에서 십 분 정도 가열하면 돼요. 더 진한 색을 원한다면 더 오래 센불에서 삶으면 되겠죠. 그리고……."

여자는 장식까지 겸한 신선한 달걀은 아침 식사용으로도 좋다는 설명을 곁들이려다가 말문을 닫는다. 여자와 중년은 묵묵히 물이 끓기를 기다린다. 달걀 껍데기가 매우 진한 오렌지빛으로 변하고 냄비의 물이 거의 졸아들 무렵에야 둘은 서둘러 달걀을 건져 올린다. 중년이 물에서 막 건져낸 뜨거운 달걀들을 맨손으로 받아 개수대로 옮긴다. 여자가 만류하지만 막무가내다. 한 판 분량의 뜨거운 달걀들을 전부 맨손으로 옮긴 중년의 손바닥이 빨갛게 부풀어 오른다. 여자는 달걀들을 흐르는 찬물에 식히는 동안 중년에게 밀린 수강료 얘기를 꺼낸다. 밀려 있는 지난 삼 개월간의 수강료를 다음 강습 때까지 납부하지 않으면 더 이상 강습을 진행하기가 곤란하겠다고.

중년은 대답이 없다. 육 개월 동안 한 번도 바뀌지 않았던 검정 모직 바지에 손바닥만 연신 문지를 뿐이다. 그렇게 하면 데인 자리가 쓰라릴 텐데 멈추지 않는다. 그걸 보는 여자의 신경이 바늘 끝처럼 날카로워진다.

"달걀이 완전히 식으면 표면의 물기가 마르기 전에 철 수세미로 문질러 주세요. 그러면 수세미가 스친 결이 그대로 무늬가 되는 거죠. 한번 해 보시겠어요?"

여자는 부풀어 오른 중년의 손에 철 수세미를 쥐여 준다. 중년은 고통스러운 표정으로 여자에게서 수세미를 건네받는다.

그녀는 지금 삼 개월씩이나 수강료를 거른 채 공방을 드나들었다는 사실에 대해 미안함과 무안함을 동시에 느끼고 있을 터이다. 아들이 세상을 떠나고, 자신은 살고 있다는 억울함과 분노 외에 그녀가 기억하는 게 있다면 노래 교실에 나가 손바닥이 아프도록 손뼉을 쳤다는 사실 정도에 불과할 것이다. 단지 상처만은 부패 되지도 않은 채 완벽하게 보존되어 있다. 박제한 짐승의 눈알처럼 형형熒熒하게.

"시금치나 근대 뿌리, 찻잎 같은 것들도 자주 쓰이는 소재예요. 방법은 양파 껍질 우려내는 것과 같아요. 하지만 자연염료를 쓸 땐 미리 실험을 해 보는 게 좋아요. 똑같은 소재라고 해도 전혀 예측하지 못했던 색이 나올 수도 있거든요. 아시겠어요? 좀 적지 그러세요? 또 잊어버리실 텐데."

"……네……. 수강료는 내일, 내일 반드시 드리겠어요."

"내일은 수업이 없는 날인데."

"그럼……."

"다음 수업 때 챙겨 나오세요. 금액은 아시죠? 다른 수강생들에겐 벌써 몇 달 전부터 칠만 원씩 받고 있지만, 아주머니껜 특별히 인상되기 전과 똑같이 받고 있다는 것만 알아두세요. 다른 분들에겐 절대 비밀이에요."

여자는 아이를 어르듯 검지를 입술에 댄다. 주눅 든 중년이 과장되게 고개를 주억거린다. 하지만 비밀이 다른 회원들에게 발설될 염려 따윈 없다. 이제 여자에게 다른 수강생은 없다. 여자의 공방은 매우 번화한 거리의 현대식 건물에 자리 잡고 있지만 가게 보증금을 까먹으며 유지하는 중이다. 한때는 수강생이 넘쳐서 주말반을 따로 만들어야 할 정도였다.

사람들은 흔히 보던 지점토 공예나 십자수가 아닌 무언가 특별한 취미 활동이라는 사실 자체에 흥미를 느끼는 것 같았다. 어느 스포츠 센터의 회원인가를 따져 아침 사교 모임 파트너를 결정하는 성향의 여자들이 몰려 있는 아파트를 끼고 있다는 것이 매우 훌륭한 입지 조건이었음을 여자는 뒤늦게 깨달았다.

그녀들은 단지 십자수나 퀼트에 열을 올리고 있는 옆집 여자를 무시하기 위해 알 공예를 배우러 오는 것처럼 보였다.

비싼 종류의 알과 구하기 힘든 재료, 이 두 가지만 있으면 그들의 허영심을 만족시켜 주기에 충분했다.

가끔 인사동이나 강남에 있는 화랑을 전세 내 알 공예 전시회를 열어 주기도 했다. 물론 비용은 수강생들이 자청해서 부담했다. 전시회에는 마누라의 성화에 못 이긴 남편들이 획일적인 꽃다발을 들고 찾아오는 게 고작이었지만 끝나고 나면 수강생이 늘었다. 그들은 특히 말수가 적은 여자의 성격이 취미 교실 선생답지 않게 특별하다고 만족해했다. 그러나 그 만족감은 어쩐지 수상했다는 성토로 바뀌어 폭발하기 위해 예비된 도화선 같은 거였다. 그들이 일제히 공방을 떠나고 나서 채 반년을 버티지 못했다. 한 달 뒤면 여자도 맨손으로 이곳을 떠나야 한다.

중년이 달걀의 표면을 철 수세미로 문지르는 동안 여자는 알 속을 제거하는 작업을 한다. 중년은 이 일을 가장 못 견뎌 한다. 하지만 여자는 중년이 보고 있으면 알에 송곳을 넣어 돌리는 자신의 손길이 훨씬 대담해지는 걸 느낀다. 여자는 송곳으로 뚫어 놓은 구멍 속에 능숙하게 펌프를 밀어 넣어 공기를 주입한다. 알 속이 완전히 비워질 때까지 내용물이 천천히 구멍 바깥으로 흘러나오면, 주사기로 비눗물을 주입해서 알 내부를 깨끗하게 씻어 내면 된다.

자식을 먼저 잃은 여자들 모두가 하나도 아프지 않아서 멀

쩡히 살아가고 있는 것은 아니다. 불에 덴 듯한 아픔을 품고 살면서도 식구들의 밥상을 차리고, 계모임에 나가 회비만큼의 갈비를 뜯고, 묵은 이불 빨래도 꾹꾹 눌러 빠는 것이다. 수술대 위에서 맡았던 소독약 냄새가 채 가시기도 전에 선지를 푼 국밥을 먹을 수도 있다.

여자는 알 속을 비우는 자신의 손길을 따라 일그러지는 중년의 표정에 강렬한 적의敵意를 느낀다. 그녀는 실내에 진동하는 달걀 비린내 때문에 안색이 노랗게 질려 있다. 중년은 완성된 양파 껍질 알 공예 작품을 비닐봉지에 담아 두고 메모지에 다음 주의 준비물을 적는다.

'속을 제거한 오리알, 마스킹 액, 작은 붓, 수강료 육만 팔천 원……' 그리고 '수강료'라고 쓴 밑에 볼펜심을 눌러 여러 번 밑줄을 친다. 여자는 중년이 공방을 나가고 난 후에도 한참 동안 구토를 참았다. 그러나 대야 한가득 출렁거리는 달걀 삶은 물을 개수대에 쏟다가 결국 토하고 말았다. 뜨겁고 쓰디쓴 액이 울컥울컥 식도를 타고 넘어왔다.

*

공방 안은 햇 유자의 싱그러운 향과 벌꿀 냄새로 가득했다. 수요일 오후는 수강생이 가장 많은 시간이었다. 모두 따뜻한 유자차를 앞에 두고 왕관 쓴 오리알을 만들고 있었다. 그때 그녀의 남편이 쥐색 코트 깃에 얼굴을 반쯤 묻고 공방에 나타났다.

여자는 평소 공방을 향해 걸어오는 사람들을 유리문 안에서 미리 관찰하는 습관이 있었지만, 그날은 너무 바빠서 남편이 유리문을 밀고 공방 안으로 들어와 설 때까지 그의 출현을 알지 못했다. 여자는 누군가 자신을 노려보고 있다는 걸 감지하지 못한 채 일 센티미터 너비의 구리 포일을 핑킹가위로 정성껏 자르고 있었다. 미리 떠 놓은 왕관 본보기 위에 구리 포일을 붙여서 오리알에 장식하면 왕관 쓴 오리알이 완성되는 것이다. 여자가 고개를 든 것은 공방 안이 갑자기 조용해졌기 때문이었다. 남편의 구두가 눈에 들어왔다. 앞볼이 좁고 날렵하며 뒤꿈치에 단단히 징이 박혀 있는 검은색 구두.

여자는 무릎 위에 놓여 있던 오리알을 그대로 둔 채 의자에서 벌떡 일어섰다. 속이 빈 오리알이 텅텅 소리를 내며 바닥을 굴렀다. 곧바로 여자의 무방비 상태인 얼굴에 주먹이 날아왔다.

"더러운 암캐."

남편은 넘어져 있는 여자의 블라우스 앞섶을 능숙하게 움켜쥐었다.

"너희는 개보다 못해! 발정 난 똥개들이야."

타액이 여자의 얼굴로 튀었다. 여자는 두려움 때문에 남편의 손에 가위가 들려 있는 걸 보고도 몸을 피하지 못했다. 예리한 가위가 여자의 상체를 빠르게 스쳤다. 블라우스가 맥없이 갈기갈기 찢어졌다. 슬립 위로 드러난 여자의 맨살은 성한 데가 없다. 남편은 징이 박힌 구두 뒤꿈치로 여자의 정강이를 힘껏 걷어차고는 유유히 공방을 나갔다.

공방 안에 있던 사람 중 누구도 여자에게 다가오지 않았다. 여자는 혼자 의자를 잡고 일어났다. 그리고 너덜거리는 블라우스 위에 누구의 것인지도 모를 카디건을 주워 입었다.

"왕관 쓴 오리알은 아이들도 좋아하겠죠? 편식하는 자녀에겐 삶은 오리알에 왕관 장식을 해서 먹여 보세요. 아마…… 맛있게 먹을 겁니다."

여자는 감각이 느껴지지 않는 턱을 두 손으로 감싸 쥐고 웃어 보이려 했지만 사람들이 외면했다. 그들은 끔찍해 하면서도 흥미로운 표정들을 지으며 공방을 나갔다.

여자는 사람들의 발길이 끊긴 공방에서 여러 종류의 알 공예품을 만들었다.

알은 굳이 인공적인 기교를 가하지 않아도 그것 자체가 완벽한 대칭의 미를 갖고 있는 아름다운 자연물이다. 여자는 폴리스타이렌으로 만든 인공 알에 핀을 눌러 꽂아 액자를 만들거나, 아직 온기가 남아 있는 흰 달걀을 염색 염료에 담갔다가 진하게 물이 들여지면 어미의 똥과 체온이 묻어 있는 둥지 속의 알에 대해 생각했다. 남편에 대해서 단 한 번도 수강생들에게 이야기하지 않은 것은 자신의 불찰이었다.

여자는 공방 안에 있는 재료를 전부 사용하고 나서 달력을 보았다. 일주일이 흘러가 있었다. 이제 남은 일은 수강료를 환급해 주는 간단한 절차뿐이다. 여자는 수강생 마흔일곱 명에게 삼백십구만 육천 원의 돈을 환급했다.

*

남편은 부재不在중이다. 여자는 그 사실을 확인하듯 초인종을 길게 누른다. 아무 응답이 없다. 남편과 함께 지낼 때도 그가 문을 열어 준 적은 없었다.

여자는 항상 열쇠로 대문을 열고 들어갔다. 오늘따라 열쇠가 영 말을 듣지 않는다. 뻑뻑하고 아귀가 맞지 않아 한참 동안 애를 먹는다. 가로등 하나 없는 외진 골목 끝 집이라 달빛조차 없어서 순전히 손끝의 감각으로 해야 하는 일이다.

여자는 하는 수 없이 양피羊皮 장갑을 벗는다. 말라비틀어진 담쟁이 잎들이 여태 떨어지지 않고 붙어 있다가 서걱서걱 음산한 소리를 낸다. 여자는 대문 안으로 들어서자마자 두 개의 자물쇠를 서둘러 잠그고 빗장까지 단단히 지른다. 빗장은 날

씬하고 기름칠이 잘 되어 있다. 빗장은 남편이 만들어 준 것이다. 언젠가 볕이 좋았던 일요일 오후에 여자를 자전거 뒤에 태우고는 철공소에서 재료를 사다가 직접 솜씨를 부렸다.

여자는 그때 안대를 하고 있었다. 남편의 주먹질에 여자의 눈은 상습적으로 시퍼렇게 멍이 들어 있곤 했다. 한쪽 눈을 통해 보이는 세상은 초록의 물결이었다.

'봄이 오는구나.'

휙휙 스쳐 가는 초록빛 세상을 돌아보며 남편의 허리를 꼭 붙들었다.

여자는 일부러 보폭을 크게 해서 마당을 가로지른다. 마당 여기저기에 함부로 나뒹구는 물건들의 형체가 어슴푸레하게 보인다. 다리가 부러진 식탁 의자, 장 찌꺼기가 말라붙은 커다란 독들, 헝겊으로 만든 낡은 개집 따위들이 여자네 마당을 점령한 지는 오래되었다. 동네가 재건축 지역으로 묶이면서 사람들이 하나, 둘 버리고 간 것들이다. 곧 철거될 제 집을 놔두고 굳이 여자네 집 마당에 허접쓰레기들을 버리고 갔다. 부정不貞에 대한 보복이었다. 여자는 발끝에 차이는 물건들을 옆으로 밀친다.

여자는 거실에 들어서서도 한동안 불을 켜지 않는다. 천장이 높은 거실에서는 바람 냄새가 난다. 어둠과 바람이 서로 몸을 섞으며 여자의 귓불을 간지럽힌다. 여자는 코트에 손을 찌른 채 잠시 가만히 서 있다. 이대로 잠들 수도 있을 것 같다.

손바닥으로 얼굴을 쓸어 모으며 습관적으로 시간을 확인한다. 시계는 남편이 선물한 것이다. 은으로 장식된 조그만 뚜껑을 열면 녹색 불이 켜지며 시계 알이 나타나는 앙증맞은 디자인이다. 어둠 속에서 그것은 참으로 요긴하게 쓰였다.

"자정이 되면 기다리지 말고 먼저 자."

남편의 매정한 목소리가 떠오른다. 여자는 시계를 들여다보며 남편이 올 시간을 기다리거나, 그가 돌아오지 않고 있는 시간을 재면서 째깍째깍 초침 소리를 따라 맴을 돌곤 했다. 어지러운 노릇이었지만 시간은 멈추지 않았고, 시간이 멈추지 않는 한 기다림도 멈출 수가 없었다.

찬장을 뒤져 몇 개 안 남은 컵라면을 꺼낸다. 갑자기 지독한 허기가 몰려온다. 허기가 사라지기 전까지 라면이 알맞게 불어줘야 한다. 여자는 휴대용 가스렌지에 주전자를 얹어 놓고 젓가락을 쪼개 입에 문다.

라면이 끓고 있는 불가에서 냄비 뚜껑에 면발을 건져 허겁지겁 먹던 기억이 난다. 남편은 라면을 그렇게 먹어야 제맛이라고 했다. 여자는 뜨거운 면발 때문에 입천장을 모두 데었지만, 라면은 이렇게 먹어야 제맛이라는 남편의 말에는 동감했다. 남편과 둘이 경쟁하듯 젓가락질하며 먹었던 라면은 그야말로 꿀맛이었다. 여자는 컵라면에 뜨거운 물을 붓고 더운 김이 새 나가지 않도록 뚜껑 위에 주전자를 얹어 놓는다.

'이제 삼 분만 기다리면 되는 거지?'

손목시계의 은색 뚜껑을 연다.

'단지 삼 분만 기다리면 허기를 메울 수 있다니······.'

문득 신기하다는 생각이 든다.

'세상에는 삼 분만 기다리면 해결되는 일도 있다······.'

여자는 돌 사진이나 유치원 졸업식 사진이 아닌, 아이의 초음파 사진만이라도 한 장 갖고 싶다는 생각을 여러 번 한 적이 있었다. 십 년을 기다렸지만, 소망을 이루지 못했다. 남편의 구둣발이 아이를 용납하지 않았다. 그의 발길질은 여자가 송곳으로 알에 구멍을 내고 속을 비워 내는 것처럼 능숙하고 정확했다.

"다시 임신한다면······ 내 아이가 아니야. 나 수술했거든. 자식이라니, 부질없는 일이야."

여자는 후루룩 라면을 삼킨다. 기대와 달리 맛이 형편없다. 얼큰하고 구수한 맛 대신 화학조미료 냄새만 느껴질 뿐이다. 그럴수록 여자는 더 요란하게 후룩후룩 소리를 내며 면발을 말아 올린다. 가슴이 꽉 메어 온다. 차라리 양파 수프를 끓여 먹을 걸 그랬다. 급기야 목구멍까지 치받는 메스꺼움을 견디지 못하고 개수대에 전부 게워 낸다. 허연 면발이 그대로 쏟아진다. 어떤 것은 목에 걸려 여자가 직접 손가락으로 빼내기도 했다. 헉헉 숨을 몰아쉬다가, 고통 때문인지 온몸이 으스러지듯 눈물이 후드득 떨어진다. 아랫배가 뻐근해 온다. 여자는 다급하게 두 손으로 배를 감싼다.

*

 세탁소집 강 씨에겐 세 명의 아이가 있었다. 고만고만한 터울인데 서로 닮은 모습들이어서 여자는 그 애들을 볼 때마다 연달아 묻곤 했다.
 "네가 첫째니? 이 앤 둘째고?"
 그러면 녀석들은 재미나 죽겠다는 표정들을 지으며 천진하게 웃는다.
 "아뇨, 제가 동생이고, 이게 우리 형인데……, 아줌마는 매일 몰라."
 아이들의 눈은 모두 제 아빠를 닮아 크고 눈동자가 검었다.
 강 씨는 계절에 상관없이 늘 검은 토시를 끼고 다림질했다. 말이 없는 사내였다. 소매 없는 흰 러닝셔츠 사이로 탄탄한 근육과 숱이 무성한 겨드랑이 털이 보였다.
 여자는 세탁물을 들고 드라이클리닝이라고 흰 글씨가 코팅된 유리문 밖에서 서성이곤 했다. 여자는 도저히 그와 눈을 마주칠 수가 없었다. 여자가 처음 이 동네로 방을 구하러 왔을 때 방이 아닌 집을 구해 준 사람이 강 씨였다.

주인이 재건축을 바라보고 내버려 둔 집이어서 전기도 새로 놔야 하고 보일러도 들여야 했지만, 마당과 거실과 부엌과 욕실이 모두 갖추어진 집을 단지 방값으로 얻을 수 있었던 것은 모두 강 씨가 애써 준 덕분이었다. 목 좋은 곳에 가게를 얻느라 가진 게 바닥나 있었던 여자로서는 생면부지의 자신들에게 호의를 베풀어 준 강 씨가 고맙기만 했다. 하지만 그는 여자가 고마움의 표시로 사 간 쇠고기 두 근을 사람 좋은 웃음으로 거절했다.

"언제 철거가 시작될지 모르니 부지런히 돈이나 모아요."

여자는 골목에서 강 씨의 아이들과 마주칠 때마다 치마폭을 말아 쥐고 웅크려 앉아, 제 자식에게 어미가 하듯 손가락으로 말랑말랑한 코를 비틀며 흥, 하고 콧물을 풀어 주곤 했다.

*

타조는 아프리카 평원을 무리 지어 떠돌아다니다가 모래 웅덩이에 둥지를 틀어 알을 낳는다. 녀석은 자신이 낳은 알을 줄곧 지켜보면서 부화시키는 습성이 있는데, 만약 타조가 자신이 낳은 알을 깜박 잊고서 어디론가 떠나 버리면 알들은 모두 썩어 버린다.

'제가 낳은 알을 깜빡 잊어버릴 수도 있다니…….'

여자는 딱딱하게 뭉친 아랫배를 어루만진다. 아랫배는 아직 밋밋하다. 하지만 생리는 벌써 사 개월 전에 멈췄다. 가방에서 미리 준비해 온 타조알을 꺼낸다. 상앗빛 표면과 부드러운 결을 지닌 양질良質의 알이다. 이것으로 탁상시계를 만들 작정이다. 손목시계가 멈춰 버릴 때를 대비하기 위해서다. 시간은 여자의 손목 위에서 그리고 잠자는 머리맡에서 변함없이 흘러가야 한다.

무사히 시간이 흘러가 준다면 초음파 사진 따위가 아닌, 커다란 눈망울 속에 새까만 눈동자가 꽉 차게 빛나는 진짜 아기의 사진을 가질 수도 있다고 생각했다.

'마당에 튼튼한 장대를 박고 빨랫줄을 마련해야지. 새하얀 천 기저귀들이 바람에 부풀어 올라 마당 한가득 펄럭이면 집의 붕괴도 중단될 거야. 균열은 영원히 칠 센티미터에서 멈추겠지, 단지 칠 센티미터에서!'

여자는 마스킹 액으로 알의 양쪽 끝에 두 개의 동심원을 그린다. 액이 완전히 마른 후 중앙에 나뭇잎 문양을 그리고 양 끝부분 원 안에 점들을 그려 넣는다. 알에 그림을 그리는 동안 내내 숨을 참는다. 뭉쳐 있는 아랫배에 긴장이 풀리질 않는다. 사발에 푸른색 염색약을 풀고 알을 담근다. 알에 염료가 알맞게 스며들기를 기다려 미리 칠해 두었던 마스킹 액을 떼어 내기만 하면 대담한 패턴의 아프리카 전통 문양이 완성된다.

푸른색 문양과 선명한 대조를 이루는 흰 무늬가 알에 입혀지면 농장에서 사들인 이 녀석도 제법 야생의 이미지를 풍길 수 있을 것이다. 시곗바늘은 미리 보아 둔 것이 있다. 끝부분이 펜촉 모양으로 다듬어진 자주색 바늘을 쓸 예정이다. 내일은 공방에 나가자마자 바늘과 시계 다리의 본보기를 골라 완성된 알과 함께 공장으로 보내는 일부터 마무리 지어야겠다. 여자는 염색 물속에 넣어 두었던 타조알을 건져 잘 마르도록 창가에 놓아둔다.

아랫배가 여전히 딱딱하게 뭉쳐 있다. 여자는 뭉친 배를 문지르는 자기 손이 섬뜩하게 차다는 걸 알고 흠칫 놀란다. 주먹 쥔 손에 호호 입김을 불어 본다. 흐릿한 염색약 냄새가 난다. 입김은 단내가 날 정도로 따스하지만, 손으로 온기가 옮아가지 않는다. 오랫동안 전혀 난방하지 못한 탓이라고 여자는 단정 짓는다.

자정을 지난 지 오래다. 여자는 손목시계의 고리를 좀 더 조인다. 여자는 점차 감각이 무디어지는 배 위에 차가운 손을 얹고 잠이 든다. 뚜껑이 열린 손목시계에서 새어 나오는 녹색 불빛이 칠흑 같은 어둠 속에 정밀한 균열을 낸다.

*

비는 한여름의 폭우처럼 마구 퍼부어 댔다. 사흘째 계속되는 큰비였다. 고장 난 보일러는 그대로 방치되어 있었고 남편은 좀처럼 귀가하지 않았다. 집은 끔찍하게 추웠다.

누군가 현관문을 두드렸다. 여자가 문을 열었을 때 사내는 온몸이 비에 젖은 채 서 있었다. 사내의 크고 검은 눈동자 위로 주황색 현관 불빛이 일렁였다. 여자는 남편이 만들어 준 빗장을 걸지 않았다.

사내는 여자에게 다가가 그녀의 몸을 벽으로 밀어붙였다. 사내가 강제로 누르고 혀를 밀어 넣으려 하자 여자는 거칠게 그를 밀쳤다. 순간 여자의 얼굴은 무섭도록 창백해졌다. 깨물어서 붉어진 아랫입술이 보일 듯 말 듯 떨렸다. 여자는 다시 사내를 밀어냈지만 사내의 단단한 허벅지가 여자의 다리를 막무가내로 벌렸다. 여자는 좁고 깊은 욕조 속에서 버둥거렸다. 사내는 검은 토시를 낀 팔뚝으로 여자의 가슴을 압박하며 몸을 떨었다. 비에 젖은 사내의 몸 냄새가 훅 끼쳤다. 사내의 머리카락을 그러쥐었던 여자의 손가락이 무기력하게 풀렸다. 그리고 날카로운 비명이 천장이 높은 욕실을 울렸다. 그

서슬에 여자가 욕조에서 간신히 몸을 일으켰다.

　욕실 문밖에는 막내를 업은 강 씨의 아내가 서 있었다. 그가 등을 보이며 단호한 걸음으로 현관을 향해 걸어 나가는 것을 그녀는 지켜보았다. 세탁소의 비닐 커버가 씌워진 남편의 쥐색 코트가 욕실 바닥으로 툭 떨어졌다.

　여자는 웃었다. 희미하게, 어떤 것도 거부하지 않으며, 그럴 필요를 전혀 느끼지 못하겠다는 듯이, 혹은 무언가를 조용히 조소하는 듯이.

*

　메스로 배를 가르는 것 같은 고통에 여자가 눈을 뜬다. 너무 끔찍한 통증이어서 이 통증의 근원지가 제 몸의 일부라는 사실이 믿어지지 않을 정도이다. 처음에는 나쁜 꿈을 꾸고 있는 줄 알았다. 멀리서 들려오는 못 박는 소리처럼 통증에 현실감이 없었다. 그것은 서서히 여자를 조여 왔다. 마치 남편이 채워 준 손목시계처럼. 여자는 앉은 자리에서 거꾸러지기를 몇 번이나 반복한 끝에 허청거리며 일어선다. 다리 사이로 무언가 미지근한 액체가 흘러내린다. 별안간 구토가 솟구친다. 펌프로 공기를 주입해서 알 속을 비워 낼 때처럼 비위가 뒤틀린다. 노른자위 특유의 비린내가 확 끼친 듯도 싶다. 여자는 한 손으로 입을 틀어막고 한 손으로는 배를 쥔 채 방을 뛰쳐나온다. 복도는 한 치 앞을 분간할 수 없게 깜깜하다.

어둠 속에서 '탁…… 타닥……' 소리가 울린다.

식빵의 갈색 표면이 갈라지는 듯한 소리에 허술한 벽면에 기댔던 몸을 일으킨다. 뻐근한 통증이 치밀어 오르는 자기 아랫배를 두 손으로 단단히 감싸 안는다.

"안 돼, 너를 한 번도 잊은 적이 없단다. 애야……."

여자는 끈적거리는 액체가 흐르는 걸 막아 보려고 다리를 오므려 보지만 허사다. 거인의 손이 여자의 자궁에 펌프를 밀어 넣어 따뜻한 양수와 핏덩어리를 빨아들이는 것 같다. 그리고 마침내 무언가 뜨거운 덩어리가 여자의 몸속에서 쑥 빠져나온다.

*

"다음 주부터 철거가 시작됩니다. 집주인과의 계약 관계에서는 하자가 없는 걸로 확인됐는데 뭐 다른 문제라도 있는 겁니까? 일단 집은 비워 주셔야죠. 곧 단전, 단수 조치가 있을 겁니다. 집주인이 철거가 시작되기 직전까지로 분명히 계약 기간을 못 박았다고 여기 이 계약서를 복사해서 보냈어요. 그런데, 어디…… 편찮으십니까?"

여자는 계약서에 찍힌 남편의 도장 자국을 본다. 인주가 조금 번져 있다. 건설 회사 직원이 재촉하듯이 여자의 턱 밑으로 계약서를 들이밀어 보여 준다.

"집은 곧 비워 주실 거죠?"

여자는 고개를 끄덕인다.

"그럼 그렇게 알고 조치하겠습니다."

사내는 계약서를 접어 잠바 호주머니에 넣고 돌아서려다가 호기심 어린 표정으로 대문 안을 흘낏 들여다본다.

"그런데, 바깥 분은 벌써 출근하셨나요? 설마 아가씨는 아니지요?"

여자는 사내를 물끄러미 바라본다.

"낯선 남자와 잠옷 차림으로 얘기할 수 있는 아가씨도 있나요?"

*

줄자가 감쪽같이 없어졌다. 여자는 몹시 난감하다. 허둥지둥 집 안의 서랍들을 뒤진다. 서랍들은 거의 비어 있다. 특히 남편과 나누어 쓰던 서랍장은 정확히 세 칸이 말끔히 비어 있다. 남편은 속옷 한 장 남겨 두지 않았다. 여자는 공연히 빈 서랍 안에 손을 넣어 더듬거리는 시늉을 해 본다. 남편이 없는 동안 여자는 줄곧 자기 옷이 들어 있는 둘째, 넷째, 여섯째 서랍만을 여닫았다. 남편이 사용하던 옷 칸이 어쩌면 비어 있을지도 모른다는 의혹 따윈 품은 적도 없다.

사계절의 옷이 전부 필요할 만큼 그렇게 오랫동안 돌아오지 않을 거였으면 여자에게 미리 언질을 주었다면 좋았다. 그랬다면 집이 붕괴하고 있다는 조짐을 좀 더 일찍 알아차릴 수도 있었을 것이다.

욕실의 천장과 모서리 사이에 교묘하게 나 있는 균열을 진작 보았다면 여자는 아슬아슬한 자세로 길이를 재는 대신 뭔가 대책을 세웠을지도 모른다. 균열의 틈에 아교가 섞인 시멘트를 바르거나, 대수롭지 않은 일이라고 보아 넘기거나, 혹은 집을 포기하고 더 안전한 곳으로 거처를 옮겼을 수도 있다.

여자는 온종일 줄자를 찾는다. 균열을 재지 못하는 동안 그것은 잡초의 뿌리처럼 빠른 속도로 영역을 넓혀 가고 있는 것만 같다.

"어디에 두었더라……, 여기? 아니, 그럼 저기……?"

여자는 주방 구석에 처박혀 있던 놋쇠 주전자를 뒤집어 본다. 말라비틀어진 제라늄이 방치된 화분 속도 파 본다. 소파와 침대 밑, 신발장, 얇은 잠옷 한 장을 걸쳤을 뿐인 제 몸속을 뒤지고 손바닥까지 활짝 펼쳐 본다.

줄자는 어디에도 없다. 여자가 마룻바닥을 무릎으로 기고 있는 사이 어둠이 점차 수위를 높인다. 쫓기듯 손목시계의 뚜껑을 연다. 녹색 불빛에 동전만 한 시계 판이 오롯이 드러난다. 열한 시 사십오 분. 자정이 임박한 시간이다. 여자는 줄자 찾기를 포기한다.

 욕실은 먹빛 어둠에 싸여 있다. 문을 열고 한참이 지나서야 유백색의 욕조가 희뿌옇게 형체를 드러낸다. 전기 스위치를 올렸지만 불은 들어오지 않는다. 곧 단전과 단수 조치가 있을 거라던 사내의 엄포가 떠오른다. 하지만 균열이 있는 자리는 이미 알고 있다. 여자는 욕조를 밟고 올라선다. 그리고 다시 세면대 위로 올라서서 천장으로 팔을 뻗친다. 차가운 시멘트 벽이 만져진다. 손바닥으로 천장을 훑어 벽면의 모서리와 만나는 부분을 세심하게 더듬는다. 돋보기 렌즈에 햇빛을 모아 먹지를 태울 때처럼 온몸의 감각을 손가락 끝에 집중시킨다.

 "제발……."

 여자는 손목시계의 뚜껑을 연다. 녹색 불빛이 희미하게 천장에 비친다. 곧 균열이 나타날 것이다. 여자는 미간을 모으고 몸을 좀 더 뒤로 젖힌다. 순간 여자의 밋밋한 아랫배를 감싸 안고 욕실 바닥을 구른다. 추락할 때의 충격으로 동공과 입이 크게 벌어진다. 여자의 벌어진 눈동자 위로 어두운 천장이 꽉 차게 들어온다. 천장이 케이크 조각만큼 벌어져 있다. 그 틈으로 샛노란 부리를 가진 어린 새들이 쏟아져 나온다.

새들은 일제히 여자의 품속으로 날갯짓하며 들어온다. 여자는 질끈 눈을 감는다.

*

공방 앞에 중년이 기다리고 서 있다. 중년은 안 본 사이에 더 늙어 있다. 그녀는 여자를 발견하고 깜짝 놀란다. 넘어질 듯 달려와서 여자의 손을 부여잡는다. 꽤 여러 날 닫힌 공방 문 앞에서 허탕을 친 모양이다. 오늘도 이곳에 서서 기다리긴 했어도 여자가 정말 올 줄은 몰랐다는 표정이다. 여자는 열쇠로 공방 문을 연다. 통풍이 안 되어서 고여 있던 공기가 재빠르게 밀려 나간다. 중년이 여자에게 사각봉투를 내민다.
"수강료예요."
난감하다. 여자는 봉투를 받아들고 어떻게 해야 좋을지 몰라 망설인다.
"오늘은 뭘 만들죠?"
중년이 기대에 찬 표정으로 묻는다. 그녀는 벌써 앞치마를 두르고 있다.
"글쎄요."
여자는 텅 빈 재료 상자를 바라본다. 작업대 위에는 알에 구멍을 낼 때 쓰는 날카로운 송곳과 알 속을 제거하는 펌프만이 놓여 있을 뿐이다.

중년은 여자의 맞은편에 앉아 수업이 시작되기를 기다린다.

_ 계간 《문학과의식》 신인상 2020년 겨울호

사우다드

사내는 등 파인 원피스를 입고 앉아 있는 여자의 뒷모습을 바라본다. 무언가 견디기 시작한 사람의 묵묵한 예감이 배어 있다. 손바닥으로 자신의 꺼칠한 얼굴을 쓸어본다. 이제 막 배 위로 건져 올려진 비단 갈치들의 은빛 뒤채임 같은, 관능적이고 탄력 넘치는 그녀의 등을 한 번만 만져 보고 싶다. 손을 대면 그대로 미끄러질 듯 땀에 젖은 여자의 등.

밤새 격전激戰을 치르느라 한숨도 자지 못한 어린 전사戰士들이 충혈된 눈을 비비며 구겨진 교복 윗도리를 주섬주섬 챙겨 들던 무렵, 사내는 캐시 박스와 탁자 사이의 협소한 공간에서 살짝 졸았다. 졸면서도 여자를 기다렸던 것 같다.
창밖이 사람들의 발소리와, 같은 건물 국밥집에서 풍기는 해장국 끓이는 냄새들로 부산해지자 사내는 힘들게 고개를 들어올린다. 그는 몹시 창백한 안색과 선명한 대비를 이루는 검은색 뿔테 안경을 걸친다. 다행히 두꺼운 렌즈 속에서 불안하게 깜박이던 사내의 유약한 시선이 출입문을 향한지 얼마 안 되어 여자가 들어온다.

사내는 한눈에 여자의 불면을 알아본다. 그녀는 밤새 잠을 이루지 못했다. 체력을 아끼기 위해 시야를 제한하는 긴장된 동작, 주위의 사물들에 섣불리 눈을 마주치지 않는 흐릿한 동자瞳子를 보면 알 수 있다. 어제와 오늘, 오늘과 내일 사이의 매듭이 없는 그녀의 시간은 놓쳐 버린 실타래처럼 자신의 통제를 벗어나 무한정 굴러가는 중일 것이다.

여자는 항상 앉는 구석 자리에 자리를 잡자마자 검은색 가죽 숄더백 속에서 반짝이는 USB를 꺼내 컴퓨터 본체에 끼운다. 자막도 없이 바로 뜨는 화면 영상에는 일정한 서사가 없다.

여자는 점심때 컵라면을 먹거나 커피를 마시려고 잠깐씩 자리를 뜨곤 하는데 모니터 화면을 그대로 켜 둔다. 그래서 사내는 여자의 어깨 너머로 흘끔거리는 식이 아니라, 이 가게에서 가장 큰 삼십이 인치 모니터를 정면에서 유심히 살펴보기도 했지만, 적어도 그가 보기에는 아무런 극적인 요소가 없는 일상에 불과한 얘기들뿐이었다.

사내가 얹혀사는 시집간 누나의 집 같은, 이를테면 좁은 부억과 타일이 떨어져 나간 욕실, 아이들의 유치원 졸업 사진이 걸려 있는 거실 풍경들이 지루하게 반복되고 있다. 그 안을 오가는 인물들도 별로 역할이 없는 듯하다. 그들은 느릿느릿 그 공간을 오가며 이를 닦고, TV 리모컨을 두고 가벼운 말싸움을 벌이며 칭얼대는 아이의 입에 젖병을 물려준다. 그게 전부다.

사내는 아무리 보아도 여자가 아침부터 늦은 오후까지 고작 그런 내용들이 반복되는 모니터 앞에 등을 곧추세우고 앉아 있는 이유를 모르겠다. 그는 여자가 걱정된다. 아침도 먹지 않았을 것이 뻔한 그녀가 먹는 것이라곤 미리 편의점에서 사 왔을 법한 샌드위치와 인스턴트커피뿐이다. 사내는 가게 구석에 마련된 딱딱한 식탁에 앉아 턱없이 부족해 보이는 음식을 오물거리는 여자가 걱정스러워 누드 핫도그 기계를 들여놓기도 했지만 허사였다. 여자는 약간의 치즈가 들어가 있는 막대 소시지만 먹었다.

아직 점심을 먹을 시간도 아닌데 여자가 일어선다. 너무 마른 여자들이 흔히 그런 것처럼 굴곡 없는 몸매에 이목구비도 또렷한 데가 없다. 사내는 여자의 앞모습을 보면 냉담해지는 것을 느낀다. 여자는 맥없는 걸음걸이로 사내 앞에 와서 선다. 그리고 예의 아무것과도 눈을 맞추지 않는 흐릿한 시선을 들어 사내를 바라본다.

"프린터기를 사용할 수 있을까요?"

사내는 여자가 켜 둔 모니터를 본다.

지루한 화면은 사라졌고 깨알 같은 글자 위에 재촉하듯 깜빡이는 커서가 눈에 들어온다.

"물론입니다. 지금 쓰실 건가요?"

여자가 고개를 젓는다.

"아니요. 주인이 바뀐 이후로 프린터기가 보이지 않는 것 같아서요."

여자는 다시 제자리로 돌아가고 사내는 그녀의 것으로는 믿어지지 않는 아름다운 등에 다시 시선을 고정한다.

사내는 이 주일 전 동창으로부터 이 가게를 인수했다. 그동안 그녀를 포함해 사이버 전쟁에 하룻밤을 온전히 헌납하는 학생 중 누구도 프린터기를 찾는 사람은 없었다. 동창이 아내와의 불화 이후 잠적하지 않았다면 사내는 여자가 언제부터 이 가게에 오기 시작했는지 물었을 것이다.

여자의 목덜미를 사이에 두고 잔머리가 흘러내려 늘어진 어깨 아래 땀에 젖어 반들거리는 등을 보며 사내는 문득 수음手淫하고 싶어진다. 순간 그의 불안한 눈동자를 반쯤 덮고 있던 눈꺼풀이 짧게 경련한다.

사내는 황급히 가게 구석에 있는 통유리창 흡연실에 들어가 주머니를 뒤져 담뱃갑을 움켜쥔다. 라이터를 켜는 엄지손가락이 자꾸 엇나가서 불이 잘 켜지지 않는다. 사내가 노력

끝에 담배를 피워 물었을 때, 아이를 업은 젊은 여자가 들어온다.

"가서 좀 자고 와."

젊은 여자는 안쓰러운 표정으로 사내를 바라본다.

"됐어, 누나."

사내의 침울한 목소리가 누이의 마음을 더 상하게 하는가 보다. 업고 있던 아이를 한번 추켜올리고는 완강하게 사내의 등을 떠민다.

"잠을 자야 사람이 살지."

누이는 거의 울 것 같은 목소리다.

모니터 화면에 바싹 붙어 앉아 있던 여자가 언뜻 사내 쪽을 돌아본 것도 같다.

'에이 씨, 괜찮은데.'

사내는 신경질적으로 담배를 비벼 끄고 누이가 건네주는 열쇠를 받아든다.

마지막으로 여자의 등을 바라본다. 한 번만 그 등을 만져보고 싶다.

*

여자의 얼굴은 부쩍 수척해져 있다. 눈 밑도 가뭇하고 혈색을 잃은 창백한 뺨은 웃고 있는 그녀의 얼굴을 더 안쓰러워 보이게 한다. 복숭앗빛 장미 송이로 하트 모양의 리스를 만들고 있던 그녀는 가게 문을 밀고 들어서는 남자를 보자 일손을 멈추고 잠시 멍해 있다가 금세 희미한 미소를 머금는다.

햇빛에 눈이 부신 사람처럼 손등을 이마에 대고 한참 남자를 올려다보더니 절반쯤 완성된 하트 모양의 리스를 탁자 한쪽으로 밀어 두고 꽃들을 포장할 때 쓰는 보라색 한지를 깐다.

"아직 식사 전이잖아요."

가지가지의 반찬들이 조금씩 나누어 담긴 분홍색 반찬통과 현미밥을 꼭꼭 눌러 담은 둥근 찬합이 탁자에 오른다. 여자가 남자의 손에 반짝이는 은수저를 쥐어 준다.

간장에 맛술을 넣고 졸인 갈치를 정성스럽게 발라 남자의 밥 위에 올려 주고, 식어 가는 장국을 자신의 그릇에 덜고 보온병 속의 따끈한 장국을 남자의 그릇에 부어 주는 것으로, 일부러 누룽지를 만들어 끓인 숭늉을 천천히 식으라고 두꺼운 머그잔에 한가득 따라 남자 앞에 밀어 주며 여자는 자신의 식사를 대신한다.

"당신과의 식사는 항상 배가 불러요."

그녀가 노상 하는 소리지만, 고작 두세 번의 숟가락질을 건성으로 할 뿐 여자는 거의 먹지 않는다. 남자도 언제부터인가 함께 먹자는 말을 안 하게 되었다. 종이를 씹어 삼키는 염소처럼 묵묵히 여자가 권하는 음식을 우물우물 씹어 꿀꺽 삼켰다. 여자의 음식은 요새 점점 너무 맵고, 뜨겁고, 강하고, 질리는 맛을 내고 있지만 남자는 내색하지 않았다. 단지 식사 시간이 좀 길어졌다. 뜨거운 음식을 싫어하는 그의 식성 때문에 여자가 휴대용 가스레인지에 여러 번 데워 국물이 졸아든 음식들이 알맞게 식을 때까지 기다리곤 한다. 여자가 큰맘 먹고 샀다는 독일제 보온병 속의 뜨거운 장국도 남자의 식사를 더디게 만들었다. 남자는 독한 오가피주에 절여 매운 중국 소스를 발라 구운 닭고기라든가, 누군가 그리다 망쳐 놓은 조악한 그림 같은 허브 비빔밥이 아닌 것만으로도 안심이 된다. 그런 음식들을 먹자면 그는 냉담하게 굳은 위장을 어르고 달래느라 녹초가 된다. 여자는 남자가 다 먹을 때까지 그의 곁에 붙어 앉아 시중을 들곤 한다. 그녀는 마치 그러려고 사는 사람 같아서 남자는 그 부담스러운 식사에 대해 한마디도 할 수 없다. 체기滯氣가 있던 무더운 여름날, 때아닌 뜨거운 소바를 꾸역꾸역 비우고 곧바로 전부 게워 내야 했던 것과 마찬가지로 말이다.

타오르는 불꽃을 향해서 서투르게 분사되는 소화기처럼 맥없이 떨어지던 빗방울이 이마에 선득했던 열대야 중의 하루였을 것이다. 남자는 그날 온종일 분당 삼천 번 정도의 회전을 하는 연마판에 고개를 떨구고 있느라 땀으로 온몸이 푹 젖었다.

다이아몬드 가루에 올리브기름을 바른 주철회전판 위에 0.57캐럿의 다이아몬드를 마지막 마무리로 남겨 놓고 있었다. 커트 감정에서 마이너스가 잡히지 않으려면 한 치의 오차도 없어야 하는 예민한 작업이기 때문에 연마판의 헤드에 부착한 LA 각도기를 조정하던 그의 오른손은 저녁때가 되면 감각이 무뎌질 정도였다. 남자는 화톳불처럼 튀어 오르는 지열을 견디며 허청허청 걸어서 여자에게 갔다.

그는 그곳에서 차가운 물을 한 잔만, 잘게 부순 얼음을 잔뜩 넣은 아주 차가운 물을 한 잔만 달래서 마시려고 했다. 그러면 살 것 같았다. 그러나 남자가 이마에 흠뻑 배어난 땀을 손바닥으로 문지르며 여자의 가게에 들어섰을 때, 정작 여자가 내민 것은 뜨거운 국수 한 그릇이었다. 남자는 바싹 마른 입안을 까칠한 혀로 고통스럽게 핥고는 여자가 쥐여 주는 길고 뭉툭한 젓가락을 받아서 들었다. 남자는 어색하게 젓가락을 손가락 사이에 끼웠다. 그것은 마치 튀김용 젓가락처럼 매우 길고 뭉툭했기 때문에 그것으로 국수 가락을 건져 올릴 수 있을지 자신이 없었다.

여자는 굳어질 때까지 거품을 낸 달걀흰자가 살포시 쌓인 눈처럼 얹혀 있고, 가운데 노른자를 올린 후 채 썬 해초로 장식한 그 유별난 음식을 과연 먹어 없애도 되는지 망설이는 남자를 보고 깔깔 웃었다. 그러고는 자기 몫으로 준비한 꽃잎에서 추출한 색소를 넣어 만들었다는 붉은 빛의 국수가 담긴 그릇도 밀어 주었다.

"에도江戶풍의 수타식 세면細麵이에요. 일본 야마가타현에 남편과 여행 다녀온 친구가 결혼기념일 축하 화분 받은 보답으로 재료를 가져다 줬어요."

북해도산 밀을 썼다는 국수는 알맞게 쫄깃하고, 부드럽고 품질 좋은 가다랑어를 듬뿍 사용한 국물은 개운했다. 국수는 아주 맛있었다. 남자는 여자가 의아해 할 만큼 자주 코를 풀었다. 맵지도 않은 음식 앞에서 남자는 자꾸 눈물이 고였다. 그는 콩나물국에는 콩나물국 맛이, 멸치볶음에서는 멸치볶음의 맛이 나던, 여자의 보편적이고 평균적인 음식 맛이 문득 그리워졌다. 여자의 음식은 자꾸 필요 이상으로 특별해지고 있다. 그는 도무지 줄지 않는 국수 그릇을 바라보며 갈증으로 타들어 갈 것 같은 혀끝을 씹었다. 여자는 조리 과정이 적힌 메모를 들여다보며 무슨 특별한 향신료를 사용하지 않았는지 확인하고 직접 국물을 떠먹어 보기도 했다. 그녀는 한참 후 명쾌한 표정으로 남자를 보았다.

"당신에겐 해초 알레르기가 있는 것 같아. 그것 외엔 호흡기를 자극할 만한 재료는 하나도 들어가지 않았거든."

남자가 머그잔에 든 숭늉을 비우자 이내 대기 중이던 멜론을 집은 포크가 날라져 온다. 남자는 가운데를 오목하게 파서 길쭉길쭉 썰어 놓은 멜론의 싱싱한 과육에 여자가 쥐여 준 포크를 찔러 넣는다. 연두색 과즙이 흘러나와 흰 접시에 고인다. 비위가 상하려고 한다. 싸구려 색소를 주입한 불량식품 같다. 남자는 포크를 꽂은 채로 연두색 물이 뚝뚝 떨어지는 멜론을 접시에 내려놓는다. 여자가 걱정스러운 눈길을 보내며 뭐 다른 걸 먹으려는지 묻는다. 그녀의 손에는 어느새 붉은 능금이 꽉 차게 들려 있다. 남자는 저도 모르게 세차게 고개를 젓는다. 그리고 눈을 둥그렇게 뜬다. 방금 자신이 여자를 향해, 아니 그녀가 그에게 먹이려고 했던 붉은색 능금을 향해 그토록 강경하게 고개를 저었다는 사실이 믿어지지 않는다. 남자는 살며시 여자의 눈치를 살핀다. 여자는 조금 쓸쓸해 하는 것 같지만 그다지 마음을 쓰지는 않는 눈치다.

수박색 리본을 끊어 가위로 끝을 뾰족하게 오린다. 검정 잉크에 가는 붓을 적셔 '축 개업'이라고 숙련된 솜씨로 흘려 쓴다. 남자는 여자가 글씨를 쓰는 동안 함께 숨을 참는다.
 남자는 오늘 그녀에게 두 가지의 용건이 있다. 먼저 그녀에게 오지 못한 일주일을 변명해야 한다. 손수건으로 동여맨 여자의 치렁한 머리칼과 한층 무성해진 벤자민 잎새들이 그간의 일을 말없이 책망하고 있는 것 같다. 하지만 여자는 좀처럼 틈을 주지 않는다.

종려 잎을 바탕에 꽂고 주홍색 카사블랑카를 중심부에서 외곽선까지 펼치듯 꽂아 여느 경조 화환보다 화사해 보이는 삼단 화환 위에 미니 사다리를 밟고 올라가, 아직 좀 더 말라야 할 것 같은 리본을 매달고 내려오는 등 분주하게 군다.

남자가 오지 못한 일주일 사이에는 여자의 생일이 있었다. 남자는 새삼 여자의 왼손 무명지無名指에 끼워져 있는 모조 호박琥珀 반지를 본다. 조악한 디자인에 개미가 한 마리 들어가 박혀 있다. 그녀가 끼고 있는 건 가짜다. 원래 호박 속에는 거미, 개미, 파리, 곤충류와 조류의 날개 등이 들어 있는 것이 있는데 그것은 수천만 년 전 수목으로부터 흘러나온 수지樹脂에 들어간 것이 그대로 화석이 된 것이다. 근래에 와서는 플라스틱이나 송진을 녹여서 개미 등을 넣어 인조로 만든 모조품이 범람하고 있다. 남자는 정색하고 그 반지를 빼라고 했지만, 여자는 쑥스러운 웃음만 지을 뿐 남자의 말에 따르지 않았다. 여자의 작은 손에 비해 반지는 너무 컸고 그 속에 박힌 시커먼 개미는 고통스러워 보였다.

어느 날은 붉은빛이 도는 그 두껍고 투박한 플라스틱 속에 갇힌 검은 개미의 몸체가 여자의 울먹이는 얼굴로 보이기도 했다. 어쨌든 여자의 왼손 약손가락에 단단히 끼워진 모조 호박 반지는 일종의 자학自虐으로 비칠 때가 많았다. 그 때문에 남자의 두 번째 용건은 반지에 관한 것이다.

무심코 보석 카탈로그를 넘기던 여자가 "이거 봐요, 진짜 해수海水색이야."하며 타원형의 아쿠아마린 원석原石을 손가락으로 짚었을 때, 남자는 그것을 그녀의 생일 선물로 낙점했다.

원석을 구하기 위해 이리저리 수소문한 끝에 브라질 국제 보석 쇼를 다녀온, 안면 있던 감정사로부터 물건을 손에 넣었다. 그가 빙글거리며 아내에게 선물할 건 아닌 것 같다고 은근히 꼬집었지만 남자는 그저 가볍게 웃어넘겼다. 그리고 처음부터 끝까지 손수 계단 컷으로 정성껏 연마했다.

원래는 사랑한다고 쓴 카드와 함께 여자의 생일날에 맞춰 주려고 했었다. 하지만 이제는 반지를 주면서 헤어지자고 말하든지 반지를 주지 않고 헤어지자는 말을 하든지 해야 한다.

남자는 아무것도 선택하지 못한 상태로 여자가 분주한 움직임을 멈추고 자기 앞에 마주 앉기를 기다린다. 어쩌면 그건 기다림이 아니다. 남자는 영원히 그런 시간이 오지 말았으면 하고 바라고 있는 건지도 모른다. 여자를 사랑해서가 아니다. 그녀에게 죽으라고 말하는 것 같아 두려울 뿐이다. 여자는 사다리를 접어 가게 한구석에 세워 두고는 모조 호박 반지가 끼워진 제 손을 망연히 바라본다.

삼월의 탄생석 아쿠아마린은 오랫동안 희망과 행복, 어둠 속에서도 사라지지 않는 총명함과 용감함을 상징하는 보석이라 하여 젊음을 가져다주고, 오래된 사랑을 새롭게 만들어 준다는 뜻이 좋았다.

특유의 물빛 색상으로 생명의 근원인 물의 힘을 가진 듯한 녹색이 섞인 맑고 연한 청색은 더운 나라의 따뜻한 바닷물을 떠올리게 한다. 파도도 별로 없고 그저 잔잔히 밀려왔다가 밀려가는 휴양지의 따스한 바닷물 말이다. 중세에는 몸과 마음을 치유한다는 능력이 있다고 믿어서 아콰마린을 담근 물에 눈을 씻으면 분명히 낫는다는 믿음이 있었다고 하던데 과연 여자 앞에 그런 삶이 허락될까. 일곱 평 꽃집에 갇혀 어느 날은 개수대로, 어느 날은 보잘것없는 족속의 딱딱한 위장으로 들어가게 될 도시락 하나를 겨우 제 것으로 품고 살아가는 그녀에게 말이다.

한동안 멍해 있던 여자가 작업대 밑에서 야생화가 듬뿍 꽂힌 양동이를 꺼낸다. 강아지풀, 마타리, 엉겅퀴, 패랭이꽃, 호박 덩굴, 마가목 열매…….

여자의 어깨 너머로 하나둘 배운 어설픈 실력으로도 알아볼 수 있는 것들이 꽤 된다. 여자는 양동이의 야생화들을 한 아름 건져 작업대 위에 펼친다. 들풀 냄새가 확 끼친다. 여자는 물에 희석한 꽃 수명 연장제를 야생화 다발에 분무한다.

남자의 눈에는 터무니없이 많은 양을 분사하고 있는 것 같아 보였다. 꽃다발이 축축해지는 게 싫다고 그녀는 원래 젤 타입의 수명 연장제를 썼다. 어린 자식의 몸에 로션을 발라 주는 것처럼 한 송이 한 송이 줄기마다 정성껏 젤을 묻히는 여자의 유별난 정성 탓인지 다른 꽃집보다 꽃이 오래 간다는 칭찬을 듣기도 한다.

  남자는 여자의 거친 손놀림이 제 탓인 것만 같다.

"부케 만들 건가?"

슬쩍 여자의 어깨에 제 어깨를 부딪쳐 본다.

"네."

  잠시 망설이더니 소국과 과꽃을 몇 송이 추린다. 모두 흰색이다. 어떤 것은 줄기를 짧게 자르고 어떤 것은 줄기 끝부분만 약간 다듬어 긴 모양을 그대로 살려서 하얀 소국과 과꽃으로 꽃다발 전체의 기둥으로 삼는다. 그리고 또 약간 고심하더니 솜사탕을 후 불어 놓은 것 같은 백공작과 아이보리색 꽃대를 골라 소국과 과꽃 사이사이에 나선형으로 끼워가면서 중심의 꽃이 드러나도록 다발을 만든다. 마지막으로 레이스를 길게 늘여 꽃다발 끝부분을 묶는다. 새하얀 레이스 밑으로 초록색 줄기가 선명하게 드러난다. 단순하면서도 개성적인 꽃다발이 금방 만들어진다. 그녀의 오른손은 왼손의 하녀처럼 곁에 붙어서 잡다한 일들을 성실히 돕는다. 여자의 현란한 왼손을 보고 있으면 남자는 가슴이 두근거린다. 심장과 바로 연결되어 있다는 그 왼손의 네 번째 손가락에 평생 자신이 준 반지를 끼고 살아가게 만들고 싶어진다. 내성적이고 수굿한 그녀의 오른손은 그 마술 같은 일을 내조할지 모른다.
'아차.'
남자는 그만 일주일간의 알리바이를 댈 기회를 놓치고 만다. 일을 마친 여자가 벌써 꽃 냉장고의 푸른 등을 끄고 가게를 나설 채비를 하고 있기 때문이다.
여자는 항상 귀가를 서두른다. 영원히 남자만을 바라보며 그대로 돌처럼 굳어 버릴 것 같은 표정을 하고 있다가도 벽시계가 아홉 시를 가리키기만 하면 아무 미련 없이 바람 소리가 나게 돌아선다. 남자가 지친 어깨를 늘어뜨리고 걸어가는 모습 따위를 돌아보는 일도 없다. 남자가 몇 발짝 걸어가다 뒤를 돌아보면 말린 장미 꽃잎 냄새 같은 그녀의 체취만 미미하게 허공을 떠돌 뿐, 여자의 뒷모습은 뛰어간 것처럼 훌쩍 멀어져 있곤 했다.
아내가 아팠다고, 당신의 존재를 알고 난 후 고통스러운 숨을 몰아쉬다가 일주일 동안 무려 사십 도를 오르내리는 고열에 시달렸다고, 의사가 긴 검진 끝에 원인 불명의 바이러스성 발열 현상이라는 기괴한 진단을 내렸을 때, 나는 이상스럽게도 당신의 얼굴이, 나를 보면 곧장 희미하게 웃곤 하는 당신의 얼굴이 떠올랐다고 말했어야 했다. 그러나 남자는 여자의 왼손이 부리는 재주에 넋을 놓고 있다가 아무 말도 하지 못했을뿐더러 공들여 연마한 아쾨마린 반지를 건넬 기회마저 잃어버렸다.

한편으론 다행한 일이었다. 적어도 오늘은 이별의 말을, 그녀에게 내려야 했던 죽음의 선고를 유보한 셈이 된다. 여자는 초조한 표정으로 남자가 긴 쇠꼬챙이로 녹슨 셔터 내리는 것을 지켜본다. 오늘따라 문이 더 빡빡하다. 남자는 당장 내일이라도 기름칠을 해야겠다고 마음먹는다.

여자는 항상 그랬듯이 셔터가 완전히 내려지자, 열쇠를 받아 들기 무섭게 어두운 밤거릴 향해 종종걸음을 친다.

커피색 스타킹 위에 드러난 여자의 가느다란 종아리가 꽁꽁 얼어붙은 아스팔트 위를 위태하게 떠간다. 남자는 늘 그랬듯이 혼자서 여자의 뒷모습을 배웅한다. 남자가 시린 귀를 손바닥으로 비비며 막 돌아서려는데 한 무리의 소녀들이 가쁜 숨을 몰아쉬며 달려오더니 굳게 닫힌 철문을 쿵쿵 두드린다.

"아이, 난 몰라, 내일 꽃 당번인데. 일주일 만에 문 열어 놓곤 벌써 닫다니, 너무해!"

남자는 소녀들에게 다가가 떨리는 목소리로 묻는다.

"일주일 만에 문을 열었다고?"

"네, 딱 일주일만이에요. 지난주 월요일에도 꽃을 못 샀다고요!"

소녀들은 약간 샐쭉하게 대답한다.

남자는 코트 주머니에 손을 넣어 반지가 든 사각 상자를 만지작거리며 중얼거린다.

'그래, 이건…… 죽으라는 소리야.'

첫눈 때문에 골목이 술렁거린다. 수예점 여자가 제일 먼저 골목으로 뛰쳐나와 두 팔을 벌리고 제자리를 맴맴 돌다가 꽃집 유리를 두드렸다. 그녀는 제법 두 뺨까지 붉게 상기되어 좋아서 어쩔 줄 모른다. 그러나 희끗희끗한 눈발이 공중에 검은 그림자를 그으며 하나둘 떨어져 내리는 걸 여자는 진작 보았다.

수예점 여자가 환호를 지른 것은 첫눈이 내리기 시작한 지 약 오 분 정도 지난 후다. 날마다 옷이 바뀌기는 하지만, 패션 리더의 자질에 비해 결점이 많은 몸매를 지닌 수예점 여자의 벅찬 시선은 여자를 불편하게 만들 뿐이다. 여자는 사람 상대에 이골이 난 스산한 웃음으로 응대하곤 재빨리 무릎 위의 시집으로 고개를 떨군다. 잇몸을 다 드러내는 수예점 여자의 추한 웃음이 꽃집의 창유리를 떠날 때까지 여자는 미동도 하지 않고 읽던 책에 시선을 고정한다.

"잘 살고 있는가……?"

남자는 뜨문뜨문 전화를 걸고서 의미가 정확하지 않은 말들을 더듬거렸다. 여자는 오히려 남자가 걱정스럽다. 그의 도시락을 싸지 않게 된 것은 그녀에게 적잖은 아쉬움이 되었다.

잠 안 오는 밤, 남자의 도시락에 넣을 두부 고기전을 싸맬 미나리를 다듬는다거나 부추를 싫어하는 그의 식성을 고려해서 속을 양파로 채운 오이소박이를 담그기 위해 양파 한 망을 전부 다지다 보면 손바닥만 한 창을 뚫고 아침 햇살이 아프게 두 눈을 찌르곤 했다.

남자 덕분에 불면의 진탕을 뒹굴지 않고도 아침을 맞을 수 있었다. 좀 더 복잡한, 더욱 희한한 음식들을 만들다 보면 잠 없이도 잡념이 들지 않아 좋았다. 여자는 정신을 집중할 수 있는 새로운 요리의 개발에 열을 올렸다. 혀끝을 아리게 하지만 계속 끌리게 하는 강렬한 맛에 대한 집착.

남자가 날마다 제 발로 찾아와 그 음식들을 먹어 준 건 참 다행한 일이었다. 하지만…… 그게 전부다.

여자의 생사를 확인하는 것 같은 남자의 전화는 아무래도 좀 지나치다. 여자는 이제 전화하지 않아도 된다는 말을 완곡하게 할 방법을 찾다가 관둔다. 남자는 그렇지 않아도 아내의 위중한 병세에 대해 심한 가책을 느끼는 중이다. 불행히도 그는 여자에게 밑지는 감정을 품었다.

"가게 문은 잘 열고 있는지……, 먼저 일도 있고 해서……."
"먼저 일?"

"나 때문에 일주일이나 가게 문을 닫고……."

"아……!"

여자는 수화기를 다잡고 우는 목소리를 낸다.

"정점을 지나 웃자란 달리아는 그만 꺾어지고 말아요. 어디가 최대치인지를 빨리 깨닫고 멈추지 않으면 끝장인 거잖아요. 당신이 그립지만 참아야 하는 이유예요."

여자는 충분히 남자를 배려한다. 남자는 선잠에서 깬 아이가 그러는 것처럼 불규칙한 숨소리를 보내온다. 여자의 말이 위로가 된 모양이다. 여자는 수화기를 내려놓으며 앞으로도 계속 남자의 전화에 이렇게 대답해야 하는가, 조금 답답한 마음이 든다.

사실 여자가 일주일 동안 가게 문을 열지 못한 건 집에서 기르는 난 분 때문이었다. 시름시름 생기를 잃어가는 연약한 잎새를 쓰다듬으며 조바심치느라 한 발짝도 움직일 수 없었다.

요즈음 여자는 전혀 잠을 이루지 못하고 있다. 불면은 이제 오히려 오래된 친구 같지만 꿈이 많은 조각 잠마저 완전히 반납한 상태다. 아끼던 난들이 말라 죽어가고 있기 때문이다.

일주일 동안 아무것도 하지 않고 그것들만 돌봤지만 지금도 나아지지 않았다. 연초록의 날씬한 잎새에 노인의 검버섯

같은 반점이 생겨났을 때, 여자는 소스라치게 놀랐다. 그녀는 너무 놀란 나머지 삶고 있던 빨래 한 통을 전부 태웠다.

여자는 손바닥에 난 잎을 받치고 유심히 들여다보았다. 너무도 절망적인 것이, 자잘한 반점들이 잎새마다 번져 있었다. 난 잎은 회생이 안 된다. 한번 상하면 서서히 뻣뻣한 갈색으로 굳어 가다가 손끝으로 살짝만 분질러도 간단없이 떨어진다.

여자의 집에는 아니 방에는 꽃 한 송이, 액자 한 점 없다.

오랫동안 혼자 살아온 홀아비 방처럼 휑하고 허술하다. 여자는 단 두 점의 난만을 길렀다. 덩치가 큰 중국 춘란을 큰 애, 덩치가 작은 잎 풍란을 작은 애로 부르며 자식처럼 길렀다.

아까시나무 꽃잎을 훑어 먹는 꿈을 꾸다 눈을 떴을 때, 여자는 진동하는 향기에 정신이 다 아찔했다. 난 분을 양동이에 담가 두고 잠자리에 들었는데 향기가 화장실 쪽에서 뿜어 나오고 있었다. 여자는 살그머니 스위치를 올리고 화장실 안을 들여다보았다. 두 개의 난이 똑같은 유백색의 꽃망울을 이제 막 터뜨린 참이었다. 살이 통통하게 오른 꽃대가 꽤 여러 개의 봉오리를 매달고 올라올 때만 해도 설마 했는데 마술처럼 한밤중에 꽃을 틔워 잠들었던 제 어미를 불러낸 것이다. 그러던 것이 약속이나 한 듯 시름시름 앓아가고 있다.

여자는 아랫목에 놓아둔 두 개의 난 분에 본인이 알고 있는 모든 영양제를 주사한다. 난 분 곁에 붙어 앉아 꼬박 밤을 새운다. 여자는 꼭 이것들을 살리고 싶다. 그렇지 않으면 본인이 죽을 것 같다. 아니, 대신 죽어도 좋다. 꼭 다시 살려 내어 꽃대 끝에 아슬아슬하게 매달려 있던 꽃망울을 터뜨려 맑은 향내를 퍼뜨리게 만들어 주고 싶다.

급습하는 요통腰痛. 여자의 허리가 무력하게 꺾인다. 진땀을 쏟은 끝에 가까스로 상체를 일으키고 나니, 난 잎의 검은 반점이 더 커진 것 같다.

여자는 손바닥으로 입을 틀어막아 울컥 터져 나오려는 뜨거운 덩어리를 삼킨다. 날카로운 꼬챙이 같은 것에 꿰인 듯 가슴을 찌르는 통증을 견디기가 힘들다. 지독한 통증으로 여자는 잠시 멍해진다. 온몸의 통점이 다 허리로 쏠린 듯, 여자는 본능적으로 허리를 감싸 안고 벽에 걸린 달력을 쏘아본다.

참 용하기도 하다. 삼 년 전의 오늘을 정확히 기억하는 통증.

붉디붉은 자두 세 알. 만삭까지 입덧에 시달린 창백한 얼굴을 한 여자가 거미같이 마른 손을 뻗쳐 허겁지겁 그것을 움켜쥐고 덥석 베어 문다. 신물이 가득한 과육은 씹을 새도 없이 꿀떡꿀떡 식도를 타고 넘어가 버린다. 자두 세 개는 너무 먹을 게 없었다.

먹는 것마다 전부 게워 내며 꼬치꼬치 말라가는 철딱서니

없는 그녀를 그냥 두고 볼 수 없었던 미혼모 보호 시설의 수녀님이 한겨울에 어렵사리 구해다 준 공도 모르고 그녀는 새하얀 사기 접시에 뱉어 놓은 자두 씨를 보고 인상을 찌푸린다.

'이렇게 씨가 크니까 먹을 게 없지.'

다시금 솟구치는 구역질. 방금 먹은 자두와 샛노란 위액을 전부 게워 낸다. 그래도 자두는 또 먹고 싶다. 여자는 사기 접시에 든 자두 씨를 입에 넣고 빤다. 끊어질 듯 저리는 허리.

여자는 그만 입속의 자두 씨를 깨물고 만다. 으깨진 자두 씨가 사방으로 튀었다. 산고産苦가 시작된 것이다.

여자는 레몬즙을 짜 넣은 생수를 손으로 휘휘 젓는다. 뼛속까지 에이는 한기 때문에 저절로 어금니가 꽉 물어진다. 조심스럽게 난 분을 양동이에 담근다. 향긋한 레몬 향이 코끝을 스친다. 난 분을 채운 자갈들 사이로 사그락사그락 물 스미는 소리가 난다.

수백 개의 깃털을 펼친 것처럼 천천히 낙하하는 수천수만 눈송이가 현란하다. 행여나 그들의 판타지 현현을 들키고 싶지 않았던 걸까?

"자기야, 눈 많이 쌓였어!"

밤사이 두껍도록 내려앉은 눈을 보고 들어온 새벽. 비스듬히 손을 잡고 기대어 떨리는 두 입술이 만나던 그 순간, 그 달콤한 몸짓이 멈춰질까 두려워 뛰는 심장을 맞붙잡고 있던 순간, 까끌까끌한 머리칼이 가슴 위에서 비비적거렸다. 아무 말 없이 함께 부둥켜안은 채로 바닥에 누웠다. 어둠 속에서 환히 열리는 관능의 소리가 들리는 듯했다. 그것은 열락悅樂의 꽃봉오리였고 깊은 나락의 골짜기였다. 미끈거리는 뜨거운 혀가 입안에서 요동쳐도 피하지 않았다. 숨소리 낮추어 뺨을 감싸고 머물던 손등. 가만히 쓸어내리는 목덜미에 느껴지는 손의 감촉이 그녀의 등을 뜨거운 열기로 껴안는다. 세상의 시선을 모두 벗어던지고, 흠뻑 젖은 두 마음이 머리카락과 육체에 새겨진 실금 하나까지도 데칼코마니처럼 겹치는 지점에 스며들고 있었다.

'살아만 있어라.'

이제는 심장이 뛰지 않아 빛도 보지 못하고, 눈물조차 뭔지 모른 채 연붉은 자궁 속에 맺혀 있었던 한 점 생명이 말랑거리는 제 손가락 한번 빨아보지 못하고 죽어서 나왔다. 병원 회복실 작은 방 안은 고요하다.

'하나, 둘, 셋······.'

여자는 누운 채로 병실 천장을 향하여 숫자를 세어 보았다.

얼핏 시계 초침 소리만 들려왔다. 그 소리는 가깝게 들려왔지만 동시에 닿을 수 없는 먼 곳에서 울리는 소리처럼 느껴졌다. 방 안 전체가 텅 비어 버린 듯 공허했다.

여자의 배가 조금씩 불러올 무렵 그 남자는 한마디 말도 없이 두려운 마음을 굳이 숨기지도 않고 도망쳐 버렸다. 참으로 쓸쓸한 기억이다.

다시는 볼 수 없는 그 시절 모든 것들은 천천히, 그러나 확실하게 멀어져 간다. 기억의 행복과 결핍의 슬픔은 여전히 입에서 터지는 탄산의 죄책감이 되어, 달콤하지만 씁쓸한 기억으로 위안을 받기도 한다. 그럼에도 불구하고 그것을 사랑으로 봉인封印해 유한한 감정으로 가져갈 것이라면 그녀는 절절히 앓고 있는 이 순간을 무엇이라 말할 수 있을까.

여자는 힘겹게 녹슨 셔터를 내린다. 남자는 다음날 기름칠을 해 주려고 마음먹었지만, 병든 그의 아내 때문에 여자에게 오지 못했다. 여자는 식은 밥 덩어리와 김치 조각들을 개수대에 흘려 보내고 언제나처럼 아홉 시에 가게를 나선다. 셔터를 내리고 붉은 쇳가루가 묻은 손바닥을 탁탁 털어 내며 허리를 편다.

검은색 융 위에 자잘하게 박힌 크리스털 조각 같은 밤하늘의 별을 올려다본다. 귓바퀴가 잘려 나갈 것 같은 매서운 바람이 여자의 옆얼굴을 앙칼지게 할퀴고 지나간다. 여자는 흠칫 몸을 떨곤 어두운 골목을 향해 몸을 돌린다. 서너 걸음 갔을까. 그녀가 몹시 망설이는 몸짓으로 다시 뒤를 돌아본다.

자신의 매정한 뒷모습을 서운하게 배웅하는 남자가 없으니까, 여자는 자꾸 뒤를 돌아보고 싶어진다. 시간이 있건 없건 간에 구두코만 내려다보며 목적지를 향해 종종걸음을 치던 그녀의 오래된 습관에 변화가 생긴 것 같다. 여자는 평소 습관이란 생선 등에 박힌 비늘처럼 잘 떨어져 나가지 않는 것이라고 믿어왔다. 어떤 특별한 경우에는 이렇게 느닷없는 변화가 찾아오기도 하는 모양이라고 그녀는 혼자서 고개를 주억거려 본다.

골목을 벗어나는 동안 여자는 다섯 번이나 뒤를 돌아본다. 다가서지도 물러나지도 못한 채 남자가 서 있던 주변을 맴돌며 미끄러지듯이 스쳐 가기만 하는 기이한 감정을 끌어안고, 스산한 바람 소리를 울리며 서 있는 둥치 굵은 은행나무를 바라보고 있다.

꿈속에서 여자는 흡반이 붙은 거대한 난 잎의 줄기에 목이 졸린다. 난 잎은 *끈끈한* 점액질을 분비하는 억센 줄기로 여자의 목을 친친 감더니 무서운 힘으로 조여 온다. 손톱으로 줄기를 할퀴며 발버둥 쳐 보지만 소용없다. 난 잎은 끄떡도 하지 않고 그녀의 목을 휘감고 요동친다. 온몸의 피가 다 빠져

나가는 것 같다. 순간 붉게 물든 바닷속에서 해파리처럼 흐느적거리던 여자의 몸이 물 위로 떠 오른다. 내장이 빠져나간 뻥 뚫린 가슴 사이로 작은 물고기들이 헤엄치고 있다.

난들은 결국 죽었다. 검은 반점들이 날마다 하나씩 늘더니 어느새 딱딱한 갈색 잎으로 변해서 뚝뚝 부러졌다. 여자의 집에는, 아니 방에는, 아니 방의 창가에는 이제 자갈들만 소복이 쌓인 허전한 난 분 두 개만이 덩그러니 놓여 있다. 여자는 그걸 볼 때마다 속이 쓰리다. 될 수 있으면 안 보려고 노력하지만 차마 그것들을 내다 버릴 수는 없다. 그 안에서 힘들게 꽃대를 피워 올려 유백색의 순결한 꽃잎을 틔워 애잔한 향기를 풍기던 큰 애와 작은 애의 기억을 지울 수 없기 때문이다. 고통스럽지만 그 애들에 대한 기억은 여자의 몫이다.

여자는 식은 밥덩이에 목이 메어 가며 혼자 도시락을 먹는다. 수예점 여자가 밑반찬 그릇을 들고 와 같이 먹자고 청했지만 그녀는 거절했다. 수예점 여자는 뾰족한 보라색 손톱으로 그녀의 부실한 반찬들을 가리키며 혼자 먹더라도 제대로 먹어야 한다고 충고했다. 그러나 여자는 그리 생각하지 않는다. 혼자 먹는 밥상은 밥 한 덩이와 신김치 몇 조각이면 족하다. 자기 자신을 위한 음식을 만들 때는 반드시 잡념이 생기게 마련이어서 성가시기도 하다.

여자는 작업대에 비스듬히 기대앉아 가끔 날짜를 헤아린다. 어제가 오늘 같고 오늘이 내일 같다.

행복할 수 있는 조건을 덜 갖춘 것으로 보이는 사람들을 보면서, 자기 자신이 상대적으로 행복하다고 느끼는 것이 온당한 일일까. 현자賢者처럼 말하는 것은 또 얼마나 위선인가. 창문 사이로 스며드는 빛을 보며 자신의 삶의 터전에 비치는 태양도 다른 어느 곳의 태양만큼이나 아름답다는 생각에 기묘한 슬픔이 느껴진다. 이제 시간은 그녀에게 별다른 의미가 없다. 방심한 채 기대어 있어도 막힘없이 흘러간다. 흘러가는 시간을 무심하게 지켜보는 것이야말로 세상을 사는 가장 안전한 방법 같다는 생각이 들기도 한다.

여자는 혼자 지내다 보니, 간혹 라디오 DJ가 무언가를 질문하면 소리를 내어 대답하는 일이 있기도 하다. 영화 〈중경삼림〉에서 양조위가 비누를 들고 '요즈음 많이 야위었구나'라고 말을 건네는 장면이 나온다. 그렇게 혼잣말을 밖으로 내뱉다 보면 스스로 민망해지다가 곧 쓸쓸해지면서 입을 다물게 된다.

그러니까 당신이 있어야만 비로소 존재하는 것에는 그에 맞는 언어가 있다고, 담담하게 무언가를 위로하듯이, 이 모든 고통이 아마도 자기 자신을 통해서 달래진다는 것을 희미하게 깨달아 가고 있다.

여자는 가끔 창밖으로 고개를 빼고 남자의 모습을 찾기도 한다. 단순한 기억을 되살리려고 습관처럼 미간을 찌푸리던 그가 때로는 애틋하게 그리워지기도 한다.

꽃 냉장고는 텅 비어 있다. 시든 꽃 몇 송이가 커다란 유리병의 연두색 물속에서 익사한 것 같은 몰골로 꽂혀 있을 뿐이다. 여자는 주기적으로 커졌다 잦아들었다가 하는 꽃 냉장고의 소음에 따라 왼손으로 턱을 괴었다가 오른손으로 바꿔 괴었다가 하면서 하루를 보낸다. 여자의 왼손 약손가락에는 사내가 질색하던 모조 호박 반지가 여태 끼워져 있다. 플라스틱을 녹여 만든 그 조악한 반투명의 붉은 반지 속의 검은 개미는 그새 더욱 살이 오른 것 같다. 여자의 몸피는 형편없이 말라 있다. 마치 자기 몸속의 따뜻한 진津을 빼내 개미를 먹여 기르는 것 같다.

벽시계가 아홉 시를 가리키자, 여자는 주섬주섬 짐을 챙긴다. 작업대 의자에 묶어 두었던 솜 방석과 가게에서 걸치던 낡은 숄, 즐겨 듣던 라흐마니노프의 CD들을 검정 숄더백 속에 쓸어 담는다. 애를 먹이는 셔터를 끌어 내리느라 한동안 실랑이를 벌이다 마침내 열쇠로 단단히 잠근다.

여자는 수예점 여자에게 아끼던 두꺼운 도자기 머그잔을 작별의 선물로 건네고 꽃집의 열쇠를 맡긴다. 짧고 의례적인 수예점 여자의 작별 인사는 물건을 사 가는 손님의 등에 대고 습관적으로 발음하는 또 오세요, 하는 소리 같다. 그러나 여자는 다시는 이 동네에 오지 않을 생각이다. 초록의 관엽 식물들이 반짝이는 유리 선반 위에서 싱싱한 빛을 뿜어내던 모습 대신 과장된 토르소에 레이스가 많은 속옷이 너저분하게 걸린 모습 따윈 결코 구경하고 싶지 않다.

여자는 뒤를 돌아보지 않으려고 애쓰며 한 걸음 한 걸음 주저하듯 걷는다. 짙은 자주색 코트를 걸친 여자의 좁은 등이 멀리 한 점으로 멀어져갈 때까지 둥치 굵은 은행나무는 스산한 바람 소리를 울리며 홀로 그녀를 배웅한다. 여자는 그녀의 의지대로 한 번도 뒤를 돌아보지 않았다.

*

사내는 이제 여자의 등을 보지 않는다.

여자가 스치듯 가벼운 걸음걸이로 사내를 향해 다가오고 있다. 그녀는 부드럽게 그의 어깨에서부터 등이 휘어진 부분을 따라서 손을 쓸어내린다. 여자는 대나무로 엮은 바구니에 담아 온 샌드위치를 꺼낸다. 사내는 여자를 위해 분쇄기로 원두를 알맞게 갈아 모카포트로 커피를 내려놓았다. 소금에 절인 양파와 오이를 꼭 짜서 마요네즈로 버무려 속을 넣은 샌드위치가 먹을 만하다. 사내는 세 조각이나 먹는다. 그가 커피

잔에 부드러운 커피용 크림을 따라 준다.

그들은 새들이 따뜻한 부리로 서로의 깃털을 닦아 주듯이 온화한 음성과 눈빛으로 보듬어 주며 지저귄다.

밤새 가게를 지키던 사내가 포만감에 느긋한 표정으로 졸리다고 말한다. 거푸 하품을 한 탓에 눈가가 젖어 있다. 이내 그는 무릎에 누워 잠들고 여자는 사내의 머리를 쓰다듬어 준다. 가만히 어루만져 주는 손길과 다정한 마음씨에 대책 없이 녹아 버린다. 여자의 손길이 주는 위무는 충분히 안정적인 속도를 지니고 있다.

두 사람이 모든 시간을 함께 보내기 시작하며 서로를 돌보고 집 안에 사랑과 빛을 가져오기로 하니, 지금까지 살아왔던 어둠에 비하면 그것은 천국이다. 사내가 깊은 잠을 자러 방에 들어간 후 여자는 카운터 앞에 앉아 요리책을 읽고 있다. 그리고 낮게 중얼거린다.

"이 요리책은 설명이 너무 성의가 없네. 돼지고기를 넣고 고추장찌개를 끓일 때는 기름에 고기를 볶지 않는 게 더 좋은데……, 그래야 느끼하지 않고 개운하지. 더구나 마늘을 한꺼번에 갈아서 냉동실에 넣고 사용하라니? 마늘은 쓸 만큼만 식칼 손잡이로 짓찧어 먹어야 제맛이 나는 법이지."

여자는 밤새 닫혀 있던 블라인드를 연다. 햇살이 경쾌하게 미끄러져 들어온다. 그녀는 눈을 가늘게 뜨고 쏟아지는 햇살의 냄새를 흠씬 들이마신다. 햇살의 냄새는 사내의 몸 냄새를 닮았다.

 소년들이 몰려오기 전 한가한 시간에 여자는 가끔 컴퓨터 앞에 앉기도 한다. 그녀는 오랫동안 자판 위에 손을 올려놓은 채 청결한 창가에 늘어선 조그만 선인장 화분들을 바라본다.

 생명체라기보다 공예품 정도로 느껴지는 선인장들이 언제나 마음에 걸린다.

 여자는 가시 돋친 선인장을 치우고 제비꽃이나 설앵초 같은 연약한 꽃들을 길러야겠다고 다짐한다. 아무리 무심하게 대해도 끄떡없이 건재한 선인장보다는 며칠만 물을 걸러도 혹은 햇볕을 너무 쬐거나 조금만 덜 쬐어도 금세 시들시들 생기를 잃는, 손을 많이 타는 꽃을 무더기무더기 맘껏 길러 보고 싶다.

 여자는 그런 제 마음을 모니터에 낙서하듯 적어 본다. 사내는 여자만을 위한 전용 컴퓨터를 마련해 주고 싶어 했지만, 그녀는 원치 않았다. 이렇게 가끔 썼다가 지우는 것으로 만족하기 때문이다. 여자가 썼다 지운 이야기들은 무수히 많았고, 그중의 어떤 것은 그녀의 기억 속에서조차 완전히 지워지곤 했다.

 여자는 이제 자기에게조차 고백하기 두렵고 은밀한 비밀들을 글로 풀어내는 데 속도가 붙을지 모른다. 그렇게 글 속에서 자기 고백을 은근히 가미하면서 젖은 속옷을 말리는 일을 하고 있다.

아직 쓰이지 않은 새로운 시간과 이야기를 기록하기 위해 현재에서 과거로, 미래에서 현재로 스치고 지나가며 뜻밖의 여정에도 멈추지 않을 것이다.

마음조차 한 자리에 앉아 있지 못하며 무릎걸음으로 걸어와 차츰차츰 저리도 하얗게 웃으니 이 자리가 바로 충만한 회귀이자 위대한 안식이다.

'마음 잘 추스르면 좋겠다.'

사내는 그렇게 너른 나뭇가지를 드리운 굽은 나무로 서 있으려 한다. 이것으로 충분하다. 마침내 산책 나설 수 있는 화사한 날을 기다리고 있다.

_ 소설 동인집 『신소설』 2022년

화담

그렇겠지, 할 일이 없어서는 아니겠지.

자네를 이해할 수가 없군. 이 늙은이의 뭐가 그리 궁금하여 이 시골구석까지 따라왔는지. 버스를 탈 때 얼핏 자네를 본 것 같긴 했지만 그런 우연이 있으려고 생각했지. 자네 말마따나 이 눈부신 날에 해야 할 일이 많다고 한들 뭐 그리 의미 있는 일이 있을까? 자네가 내게서 그 꽃을 찾는 일이나 내가 이렇게 산자락에 앉아 있는 거나 매한가지처럼 여겨지니 말이야.

그 웃음은 내 말을 이해한다는 뜻인가?

눈자위에 드리워진 그늘이 마음에 드는구먼. 그늘을 아는 자만이 그늘을 알아볼 수 있거든. 이름이야 어떻든 그 원천은 다 같기 마련이니까. 마음이 늙어감에 따라 어떤 광경들에 점점 냉담해지니 말이야. 창백한 숲의 잎들이 한 잎 한 잎 떨어져도 한숨 한 번 짓지 않게 되더라고. 태어나 시드는 것이 인간의 운명이라는 생각이 들 때가 있어. 말할 수 있는 슬픔은 슬픔이 아닌 것 같아.

우리가 지금 몇 번째지? 네 번째라……, 이제 친할 때도 되긴 되었군 그래.

술이 좋군, 아주 좋아. 마치 단단하게 굳어 있던 산들이 열리는 느낌이야.

오랜만에 살들이 심호흡하는 건가, 밀가루 반죽에 들어간 막걸리처럼 내 살을 부풀게 하는 건가? 혹시 막걸리로 반죽해서 찌는 빵을 아는가? 그래, 하긴 자네와는 세대가 틀리니.

내 엄니는 생일이나 소풍, 운동회 날 같은 특별한 날이면 술빵을 쪄 주시곤 했지. 밀가루에 막걸리를 섞어 하루쯤 놓아두면 노랗게 부풀어 오르는 거라. 그것을 끼니 지을 때 뜨거운 김이 오르는 가마솥에 무명 보자기를 깔고 쪄 내는데, 술 향이 솔솔 풍겨 나오기도 했어. 부드럽고 달착지근한 맛이 기가 막혔지. 빵을 들고 동네로 나서면 금방 졸개를 거느리는 대장이 되었지.

어느 날 아침에 잠에서 깨니 커다란 바구니에 술빵이 가득 담겨 있었어. 입에서 신트림이 나올 때까지 아주 양껏 먹었지. 그렇게 푸짐하게 먹은 것은 그때가 처음이었어.

그래, 꼭 이 무렵이었을 거야. 붉은 고추가 초록 잎 사이로

삐죽삐죽 보였을 때니까. 배가 불러 다리를 죽 뻗는데 무엇인가 낯설고 차가운 기운이 스멀스멀 거머리처럼 온몸에 달라붙는 거라. 왠지 모르게 두려움이 와락 덮치는데 나는 정신없이 집 밖으로 뛰어나갔지. 우물가에도, 논에도, 자주 마실 가는 집에도, 엄니를 보았다는 사람조차 없었어. 마지막 희망으로 산자락 끝에 있는 이 밭으로 왔지. 맑고 높아진 하늘 아래 뻘건 고추잠자리들만 날고 있었지. 너무 조용해서 잠자리 날갯짓 소리가 들리는 듯했어. 그때였어. 저…… 저기 보이지? 저 휘어진 소나무 말이야. 거기에서 포르릉 하며 새 한 마리가 하늘로 날아오르기 시작하는 거야. 그렇게 멀리 날아가며 차츰 작아졌고 아주아주 작아지더니 순간적으로 점이 되어 사라져 버렸어. 그때 왜 나는 그 새를 보며 엄니를 생각했었을까? 새가 사라져 버린 하늘을 보며 왜 엄니를 소리쳐 불렀을까? 본능적으로 알았던 것일까? 엄니가 내 곁을 떠났다는 것을. 그러면서도 나는 동네 어귀에서 종일 기다렸지. 읍내 다녀오시다가 나를 보고, 아이고, 내 새끼 여기서 기다리고 있었어, 하며 품어 주시던 나의 엄니를.

해가 설핏 기울더니 어둠 자락이 내려앉기 시작했어. 어둠이 마치 질긴 고무줄이 되어 내 온몸을 칭칭 동여맨다는 생각이 들기도 하더군. 나는 그렇게 하룻밤을 지새웠지.

무너져 내린 갱도 안에서 문득 까마득히 잊고 있었던 맑고 깊은 초가을 밤이 생각이 나더군. 엄니가 사라졌다는, 이제 엄니 없이 혼자 살아가야 한다는 아득한 슬픔이 느껴졌지.

그때에 비하면 찰흙 같은 어둠으로 햇빛을 볼 수 없다는 엄청난 절망과 공포 그리고 심상치 않은 진동과 함께 언제 다시 무너질지 모르는 그 아래가 차라리 편안했어. 좁디좁은 어두운 공간에서 마치 연못 물 얇아지는 소리가 들어앉는 듯했어.

아무 데서나 뿌리를 내리는 잡초의 질긴 생명력이란 표현을 신문에서 보았는데, 아마 맞는 이야기인지도 모르지.

술 탓일까, 기분 탓일까? 하여간 자네의 의도가 무엇이든지 간에 여기까지 나를 따라와 준 것이 아주 고맙다는 생각이 드는군. 이제까지 그 누구에게도 말하지 않았던 내 인생의 이야기를 한 번쯤 하고 죽는 것도 괜찮을 것 같고, 오늘 죽을 것을 하루쯤 늦춘다 한들 뭐 그리 달라질 것도 없고.

그렇게 놀랄 일인가? 명민해 보이는 자네가 아직도 눈치를 채지 못했다는 말인가? 하기는 아직 죽음을 느끼기에는 자네의 나이가 너무 젊지.

아아, 우리 그 문제는 접어 두기로 하지. 내가 이렇게 자연스럽게 말을 한 것은 자네의 그런 어설픈 만류를 듣고자 함이 아니야. 그저 지금부터 내가 아주 솔직해져 보기로 마음먹은 것뿐이니까.

그렇지. 차라리 그렇게 질문하는 게 더 나아. 자네는 스스로 목숨을 버리겠다는 생각을 한 적이 한 번도 없나? 그래, 자네의 눈자위 그늘을 보니 그리 쉬운 삶이 아니었던 것 같은데도 말이지.

우리 때는 거의 검정 고무신을 신고 다녔었지. 짚신을 엮어서 신고 다니는 사람도 있었을 때니까. 어느 해 추석이었을 거야. 엄니가 하얀 고무신을 사다 주신 거라. 너무 소중하고 귀해서 도저히 마음껏 신을 수가 없었어. 날마다 바라보거나 만지며 내일은 신어야지, 내일은 하면서도 신질 않자, 엄니가 고무신을 흙바닥에 비벼대면서 이래도 신지 않으면 남에게 줄 거라고 하셨지. 내가 살아오면서 죽음이라는 것을 그 하얀 새 고무신처럼 가슴에 껴안고 살아왔다면 자네 이해할 수 있겠나?

하긴 그것도 힘이 있을 때의 말이지. 이제 그것을 품에 안고 좋아할 기운도 없어. 모든 것이 귀찮아졌거든. 아주 아주 귀찮아.

자, 술이나 한 잔 더 따르게. 자네는 내 과거의 인생이 궁금해서 나를 따라서 온 것이지. 내 미래를 어찌해 보기 위해서는 아니잖은가?

그래, 그 꽃 이야기가 그렇게 궁금하다는 게지. 거대한 광산이 일순간에 무너졌고 갱도 속에서 열나흘 긴 시간 동안 먹지도 못하고 움직일 수도 없는 상황 속에서 살아나온 사람의 첫 마디가, 이 늙은이 입에서 능소화 이름이 속삭이듯 웅얼거리며 튀어나왔으니, 게다가 늙은 광부인 것이 자네의 호기심을 더욱 자극했겠지?

그래, 그것은 어찌해도 좋아. 그게 뭐 중요한 거라고. 자네의 육감은 정확해. 그래, 그 꽃은 내 인생을 바꾸어 놓은 꽃이지. 내게는 그저 단순한 꽃이 아니야. 어쩌면 내가 팔 하나 제대로 움직일 수 없는 그 답답한 곳에서 살아 있을 수 있었던 것도 그 꽃 때문이었는지도 모르지.

내가 들것에 실려 어두운 구멍 속을 빠져나올 때 사람들이 내 얼굴을 수건으로 가리더군. 나중에야 알았지만, 어두운 곳에 오랫동안 있다가 갑자기 밝은 곳에 노출되면 시력이 상할 수도 있기 때문이라 하더군. 참기가 아주 힘이 들더군. 사고 후 시커먼 막장에서 느낀 공포는 먹빛 보자기가 되어 얼굴을 뒤집어씌우기도 했었지. 이대로 죽는구나 막연한 생각이 여러 번 들기도 했었고. 어둠 속의 긴 시간 속에서 나는 햇살을 잊어버렸거든.

내가 수건을 제치고 하늘을 쳐다본 것을 자네도 기억하지? 방송에서 같은 모습이 여러 번 보이고 또 보였으니까.

이게 밝음인가? 이게 햇살인가? 이렇게 환할 수가? 눈이 아파서 잠시 눈을 감았다 떴어. 그때 내 눈에 무엇이 보였는지 아나? 내 눈에 펼쳐진 온 하늘에 크고 붉은 꽃망울이 덩굴에 매달린 채 여기저기 둥둥 떠 있는 거라. 내 눈을 가리더라도 금방 눈에 띨 큰 꽃들이 주렁주렁 풍경처럼 매달려 가득 차 있는 거라. 바람이 불어 봄꽃이 피고 진 다음, 다른 꽃들이 더 이상 피지 않을 따가운 여름 햇살 속에 그토록 눈부신 황금빛 꽃들이! 물론 나는 눈을 떠도 감아도 깜깜한 어둠 속에서 황금색 꽃 무리를 생각하곤 했지.

때죽나무 사이를 기어 올라가던 덩굴의 모습. 담쟁이처럼 혼자서는 설 수 없어 누군가를 의지하면서도 질겨 보이지 않아서 오히려 수줍고 선선해 보이는 자태. 너무 은은하여 향기 같지도 않은 향기 하며, 그 꽃들이 온 하늘에 널려 있는데 내 어찌 그의 이름을 부르지 않을 수 있었겠나? 아! 능소화, 하지 않을 수 있었겠나?

누군가 그 꽃에 대해서 자세히도 썼더군. 중국이 원산인 덩굴나무. 금등화라고도 불림. 양반집에서만 기를 수 있는 꽃. 혹여 일반 상민이 이 꽃을 기르다가 발각되면 치도곤을 맞고 나무는 뿌리째 뽑힘. 그러기에 양반꽃이라고 불림. 곳곳에서 공기뿌리가 나와 다른 물체를 붙잡고 줄기는 덩굴진다. 잎은 마주나며, 여러 장의 깃꼴겹잎으로 작은 잎은 난형 또는 난상 피침형. 가장자리에 고르지 않은 톱니가 있다.

자네였나?

그렇게 신기한가, 신문 기사를 조금 외운 것이? 이보게, 나도 왕년에는 한가락 하던 사람이었다네. 흔한 말이지만 나도 우리 동네의 신동 소리를 들으며 자랐으니까. 막장 인생 이십 년 된 사람이 신동이라니 아주 우습지? 시골 동네에서 다섯 살에 한글을 깨치고 국민학교 들어가기 전에 천자문을 줄줄이 외웠다면, 별 배움 없는 동네 사람들이 신동으로 대접한다 한들 그리 이상한 일은 아니지. 그 안에서는 막장 시인으로 불리기도 했다네. 시를 쓰는 것도 아니고, 뭐 제대로 암송하는 시 한 구절 변변히 있는 것도 아니지만 시인이 언어를 사랑하고 알맞은 시어를 찾아내기 위해 밤을 새우듯, 막장에서 좋은 탄을 가려내기 위해 탄과 씨름하는 시인이라 불리던 때가 있었다네.

병원에 누워서 할 일이 없기도 했지만, 간호사들이 친절하게 가져다준 신문을 다 읽곤 했지. 나 같은 사람의 기사가 그렇게 신문과 방송에 실릴 수 있다는 것이 처음에는 참으로 신기했었지. 내가 밥 먹는 모습, 화장실 가는 모습, 하다못해 한 마디 말까지 무슨 부처님 법어처럼 사방에서 들려오다니.

신문에 실린 그 황금빛 꽃무리 사진과 함께 나의 침묵에 관한 추측 기사들은 정말 재미있더군. 시를 쓰지 않는 서정 시인. 사지에서 살아나온 사람의 일성이라는 이유로, 하늘을 능가할 정도로 높이 자라는 꽃이 스스로 높이 자랄 수는 없고, 높이 자라려면 반드시 담장이나 높은 나무와 같은 의지할 수 있는 지탱물이 있어야 하는 것인데 이렇게 드물게 보이는 것이 혹시 어떤 무속 신앙과도 관계가 있는 건 아닌가? 라는 기사도 있었지.

힘차게 붉은 해에 올라가서 무성히 핀 선명한 꽃 색을 햇빛과 겨루어 보려 했다고, 시문 한 구절처럼 말했다면 사람들은 또 무어라 말했을까? 뻔하지 않나? 참으로 생각해 보면 이 웅장한 기상을 어떤 꽃이 생각이나 할 수 있었을까?

자네, 혹시 그 얘기도 들어 보았는가? 강직한 주인의 화단에서는 그 주인을 닮아 다른 나무에 의지하지 않고 홀로 꿋꿋하게 자라는 모양이 있다고 하더군. 진정 기이한 꽃이라 생각이 들지 않는가?

광산이 무너져 이십 층 건물을 거꾸로 박아 놓은 정도 깊이만큼의 갱도에서 일하던 광부들 여럿이 죽은 것보다 나 한 사람 살아나온 것이 그리 신기한 일일까? 계산이 잘 안되더구먼.

눈에 보이는 면과 보이지 않는 것이 전부는 아닐 테니. 모르겠어. 문제는 자네들이 나를 사람의 탈을 뒤집어쓴 새로운 인간으로 변조해 냈다는 데 있었지. 그 어떤 사람보다 의미 있는 성실함. 진지한 모습으로 삶을 살아온 사람. 세상 사람에게 그리 관심 없을 법한 광부로 살면서 어두운 갱도 안의 비참한 현실 속에서도 포기하지 않고 삶을 위한 여정을 꾸려 나가는 직업이라 화장시키더군.

사실? 그래, 사실이지. 물론 성실함이란 건 꼭 필요하지.

더군다나 한 점 소홀함이 없는 세상에 꼭 필요한 사람이라니, 장애인을 부인으로 두고도 행복한 가정을 일구어 가는 참된 성격의 사람이라니, 아들에게 존경과 사랑을 받는 훌륭한 아버지라니, 행복하고 단란한 가정의 가장이라니. 나뿐이 아니었지, 내 아들은 세상에 다시없는 효자로 그려졌고, 내 마누라는 침묵이 아름다운 여인으로 아들과 함께 열나흘 동안 내내 광산 근처에서 나를 찾으며 소리 없는 눈물을 흘린 여인으로 그려져 있더군.

사람들은 언제나 무엇엔가 거창하기를 바라고 있는 것일까? 그 기사들을 읽고 사람들은 사실과 진실을 누구에 의해 평가받고 증명되기를 바라는 것 같다는 생각이 들었어. 그래서 자네들이 글과 말이라는 부채를 들어 바람을 일으키고 그러지 않을까? 아무쪼록 자네가 뭐 대단한 전통적인 기자다움보다는 내 편다움으로 어디서나 솔직한 사람이길 바라네.

자네들이 하는 일은 그저 뉴스나 전하면서 모두를 잠들도록 하는 게 아니라, 중요한 것을 재미있게 만들고, 또 재밌는 건 뭐든지 중요한 것으로 만드는 일을 하는 것 같아. 사람들은 어떤 것에서도 흥미를 느낄 수 있으니 말이야. 심각한 소식만 다루면 시청률이 떨어질 거라 얘기할 수도 있겠지. 물론 어려운 일인 걸 아네. 예술가와 같은 일이겠지. 어허, 내가 연설이 길었구먼.

　우리 집사람, 그래 아주 착한 여인이지. 벌써 이십 년을 살아왔지만 나는 아직 그 여자가 화내는 모습을 본 적이 없어. 그러니 아주 착한 여인이지. 중매? 연애? 아니야, 우리는 우연히 길에서 만났어.

　비가 내리붓듯 쏟아지는 밤이었지. 술에 취해 비척거리며 홀로 컴컴한 뒷골목을 걸어가고 있는데 문 닫힌 가게 앞에 여자가 쭈그리고 앉아 있더라고. 우연히 눈이 마주쳤는데 눈물인지 빗물인지가 여자의 얼굴에서 흘러내리고 있는데 아주 불쌍해 보였어. 따라오라고 했지, 재워 주겠다고. 어차피 나도 어딘가 몸을 붙여야 했으니까. 아무 대답이 없기에 그냥 비틀비틀 걸어가는데 뒤돌아보니 여자가 주춤거리며 따라오더라고. 온몸 어디 한 군데 성한 곳이 없었지. 말 못하는 것이 더 불쌍하기도 했지만 성가시게 말을 안 해도 된다는 것이 내가 그 여자와 살림을 차린 이유인지도 몰라.

　살면서도 나는 도대체 그 무언가에 마음을 잡을 수가 없었지. 그야말로 막가는 인생이었거든. 먹을 것이 있으면 먹고, 없으면 굶고, 생각나면 일하고, 머리 눕히는 곳이 내 잠자리였지. 그런 놈이 여자와 살림을 차렸으니······, 그러다가 아내가 아기를 가지고 있다는 것을 알게 되었어. 그렇게 속수무책으로 시간이 흘러간 거야.

자네, 농인이 진통하는 모습을 본 적이 있나? 아이를 낳기 위해 진통을 시작하는데 차마 바로 볼 수 없더군. 이웃방 아주머니와 함께 아이를 받았는데, 모르겠어. 그 여자의 소리 없는 고통의 모습이 내게 생명에 대한 경외감을 가져다준 것일까? 고추가 덩실한 아이를 보는 순간, 나도 모르게 눈에서 눈물이 흘러내리더군. 나와 만난 지 겨우 오 개월 만의 아이라는 것은 내게 하등의 문제가 아니었지. 나는 그날 이후로 술을 마시지 않았어. 그러니까 오늘 자네와 마시는 술이 근 십육칠 년 만의 일이군. 정말 흥미가 있나?

아니, 자네의 기사를 위한 흥미라도 괜찮아, 기삿거리가 될지 안 될지도 모르지만. 뭐랄까, 이렇게 말하다 보니 그동안 가슴 속에 그득히 쌓여 있던 찌꺼기들이 서서히 빠져나가는 느낌이야. 그래서 사람들은 그렇게 쉬지 않고 말을 풀어내는 것일까? 더군다나 자네처럼 젊고 아름다운 아가씨와 함께라니. 왜? 이렇게 말하니 싫은가? 늙은이의 누추함으로 여겨지는가? 그렇게 굳이 아니라고 말해 줄 필요는 없어.

아아, 그랬었군. 그래서 생각보다는 아주 단순하군 그래.

자식이라는 게 참 묘한 것이더군. 인생의 매운 회초리이기도 했고 고통을 잊게 하는 마약이기도 했지. 죽음이라는 고무신을 잊게 해준 것도 아들이었지만 다시 내 품에 되돌려 준 것도 아들이었지.

나에게 죽음이라는 것은 언제나 유혹처럼 감미롭게 찾아드는 다른 손길이라 생각했어. 현실적이고, 비참하며, 피할 수만 있다면 온 힘을 다해 도망가 버리고 싶은 무시무시한 생각이 들기도 했으니깐. 내가 생각하듯 한순간에 뛰어오를 듯한 슬픔과 희열 혹은 고통의 쾌락 같은 게 아니었어. 그것은 길고 지루한 그러나 피할 수 없는 행사 같은 것이었어. 미리 계획하고 준비하고 곱씹어 보고 때가 되면 어쩔 수 없이 치러 내야만 하는 의무 행사이기도 했으니깐. 어쩌면 나는 삶의 편에서 죽음을 짝사랑해 왔던 것인지도 몰라. 그러다가 내 삶의 태도가 한순간 변하게 되었어. 아무리 일이 고단해도 아이의 미소를 바라보면 열심히 살아야겠다는 이유가 생기고, 더불어 잘 살아야 한다는 용기와 각오로 다짐했던 시절도 있었다네. 마누라도 알뜰히 살림해 주어 손바닥만 한 집도 장만할 수 있었지.

행복? 음, 행복이라……

자네는 폭력에 대해서 어떻게 생각하나? 그렇지, 질문이 너무 뜬금없지.

자네, 배암에게 물려 본 경험이 있나? 뱀이 징그럽고 소름 끼치는 까닭은 꾸물꾸물 기어다니는 시커먼 녀석의 생김새 탓도 있지만 그것보다는 무슨 말을 할 듯 말 듯 물끄러미 보고는 어느 순간 우리에게 다가와 있다는 것 때문인지도 몰라.

그 짧은 순간이지만 오싹하도록 당황스럽기까지 하거든. 엄니가 고추를 딸 때, 나는 이랑 사이에서 옥수수를 따고 있었는데, 갑자기 발뒤꿈치가 따끔했어. 순간 뒤를 돌아다보니 풀숲 사이로 지나가는 뱀이 보였어. 눈 깜빡할 순간에 뱀은 사라졌지만, 그 찰나에 느꼈던 공포는 뱀에게 물려 보지 않은 사람은 상상할 수 없을 거야.

여보게, 술 좀 따르게. 근데 자네는 왜 마시질 않나? 요즘은 젊은 여자들도 술을 꽤 마실 줄 안다고 들었는데.

나는 아들에게 바라는 것은 없었어. 그 아이의 존재만으로도 뿌듯했으니까. 공부를 못해도 괜찮았고 술 마시고, 담배를 피워도, 쌈박질하고 들어와도 다들 그러려니 했지. 그런데 어느 때부턴지 아내의 몸에 드문드문 상처 자국이 보이곤 했어. 말을 못 하니 자세히 물어볼 수도 없고 그저 다쳤다니 그런가 보다 할 수밖에.

광산이 무너지기 한 달 전쯤이었을 거야. 그날 영 몸이 좋질 않아 사무실에 말하고 일찍 집으로 들어갔지. 대문이 열려 있어서 그냥 들어선 거야. 이상한 소리가 퍽퍽 들려왔어.

안방 문을 열었지. 아내는 몸을 둥그렇게 공처럼 말고 있었고 아들놈은 마치 공을 차듯 그런 제 어미를 차고 있더군. 너무 어이없는 광경이라 나는 멍하니 그들을 잠시 바라보고 있었지.

자네도 그런 생각이 들지? 마누라를 처음 만났던 날, 그 여자의 온몸에 나 있던 상처들이 생각나더군. 소리를 벌컥 지르며 나는 놈에게 달려들었지. 놈은 사정없이 나를 벽으로 패대기쳤어. 한 번, 두 번, 세 번, 아들놈은 전혀 거침이 없었어. 내가 널브러지자 다시 한 번 옆구리를 발로 차더니 밖으로 나가 버리더군. 멀어지는 아들의 발소리를 들으며 누워 있는데, 가슴 가득히 차오르던 그 알 수 없는 공포는 마치 뱀에게 물린 것 같은 섬뜩한 기운이 온몸을 휘감아 아찔함을 주체할 수 없을 정도였다네.

그래, 자네 말처럼 허망이었을까? 폭력은 폭력을 행사하는 사람에 따라 가벼운 발길질 한 번으로도 살인이 될 수 있지. 놈은 그때 이미 나를 죽인 거야. 아비인 나를.

능소화? 그래, 자네의 관심은 오직 능소화뿐이군그래. 자네, 혹시 그 꽃에 무엇인가 얽힌 사연이 있는 건가?

마치 엊그제 같군. 우뚝 선 산봉우리와 골짜기에 엷은 풀빛이 돌기 시작하고 그 아래로 나지막이 엎디어 있는 그만그만한 밭에는 무릎을 넘게 웃자란 고추가 파랗게 피어나곤 했지. 이 바위 위에 앉아 일하는 엄니를 소리쳐 부르기도 했었지.

엄니, 저것 좀 봐요. 고추잠자리 아니우?

어디?

밭 언덕에 쪼그리고 앉아 내가 엄니를 소리쳐 부르면 엄니는 얼른 고개를 들어 보기도 했지.

저기, 고추밭 끝 말이오.

참말, 고추잠자리야. 예쁘기도 해라, 아주 붉은 놈이네. 올해 들어서 처음 보는 고추잠자리야.

저기 밭 둔덕 풀밭에 나란히 앉아 있는 저 고추잠자리 좀 봐. 유별나게 꼬리가 빨갛질 않나? 다른 곳에서도 이맘때면 고추잠자리를 가끔 볼 수 있긴 하겠지만 저것들처럼 곱지는 않을 거야. 아주 예쁘지?

아마 그날이었을 거야. 내 인생의 모습이 달라져 버린 게.

만약 그 시절 엄니가 내 곁에 계셨다면 지금 나는 어떤 모습으로 있을까? 적어도 이런 모습으로, 이런 심정으로, 이 산자락에 앉아 있지는 않았을지 몰라.

아니, 원망하는 게 아니야. 그저 그렇다는 말이지. 고추잠자리 꼬리가 빨갛다는 말처럼, 하늘이 푸르다는 말처럼 그저 그렇다는 말이지.

나는 아버지 얼굴도 몰라. 내가 세상에 태어나고 얼마 후에 아버지가 갑자기 돌아가셨다더군. 엄니는 십 년을 참으셨던 거야. 사람들이 수군거렸던 얘기처럼 떠돌이 장사꾼과 눈이 맞았던지, 홀아비 소 장수였던지. 결국 엄니는 혼자 살아갈 수가 없으셨던 게지. 이른 새벽 아들이 좋아하는 빵을 쪄서 잠자는 아들의 머리 위에 놓아두고, 떨어지지 않는 발걸음을 옮겼을 한참 나이의 여인을 누가 나무랄 수 있겠어.

　엄니가 사라져 버린 뒤, 논 두어 배미와 작은 밭뙈기를 갖고 나는 재종 당숙네로 옮겨갔지. 그 집에는 나보다 한 살 위인 딸이 하나 있을 뿐이어서, 말하자면 나는 그 집의 양자가 된 셈이었어. 동네에서 신동이라 소문이 난 아이를 양자로 들이는데 당숙네는 매우 흡족해하는 분위기였지. 나 또한 엄니가 없어서 생기는 외로움만 뺀다면 그리 나쁘지는 않았지.

　그래, 내게도 아름다운 기억이 있다네. 아주 가까이서 그녀에게서만 솟아나는 그윽한 향기를 내 안의 저 깊은 곳에 밀어 넣던 기억이 있지.

　마치 스무고개를 하는 것 같구먼. 자네 생각대로 그 집 마당에는 여름만 되면 수십 년 묵은 능소화가 싸리나무를 휘감고 때죽나무를 거쳐서 마치 구름처럼 뭉게뭉게 피어오르곤 했지. 아주 멀리서 보면 온 집을 능소화가 휘감은 듯 주황빛 커다란 꽃 덩어리처럼 보이곤 했어.

　누이, 자네 덕에 이야기 꺼내기가 쉬워지는구먼. 누이는 마루 위에 앉아서 속삭이듯 말하곤 했지.

　나는 저 꽃이 좋아. 아름답지 않니?

　누이가 그토록 어여뻤냐고? 글쎄, 누이의 얼굴을 아직 선명히 기억하고 있지만 내게는 그 얼굴을 다른 사람과 비교할 눈이 없어. 굳이 말해 보자면 누이는 내가 보기에 작은 박씨 같다고나 할까? 처음엔 그저 작은 박씨 몇 톨이지만 거기에서 싹이 나고 잎이 자라며 온 지붕 위를 덮어 내는 박잎, 어느 순간 달빛 아래 하얗게 피어나는 박꽃, 그리고 꽃대궁 아래 보이지도 않게 자리를 잡으나 한아름이 넘게 커가는 열매처럼 어쩔 수 없는 마술 같은 것.

그래, 그렇게 자네가 추측해 낼 수 있다는 건 우리의 연접으로 자연스러운 일일 수도 있겠어. 그렇다고 해서 아무것도 달라질 것은 없지만 말이야. 하여간 이미 우리 안에서는 우리의 힘으로는 어찌할 수 없는 것들이 무성하게 자라나고 있었어.

내가 고등학교 이 학년, 누이가 고등학교 삼 학년인 여름 방학이 끝나 가고 있을 때였어. 당숙이 당신의 딸은 마을과 가까운 읍내에 있는 학교에 보냈지만, 나는 도청 소재지의 일류 학교에 보내 주셨지. 나는 그분들 마음에 흡족할 만큼 공부를 꽤 했고 또 착하고 순종적이었거든.

방학이 끝나 가고 며칠 있으면 학교 근처에 묵고 있는 하숙집으로 돌아가는 날이라 우리는 아무도 모르게 가까운 바닷가에 가기로 약속했지. 나는 친구들과 약속이 있다며 이른 새벽에 집을 나섰고, 누이는 또 누이의 친구들과 만난다며 나보다 조금 늦게 집을 나왔지.

새벽에 집을 나서는데 마당 화단에 붉은 벽돌로 쌓은 네모난 굴뚝에 담쟁이처럼 뒤덮고 있는 수십 년 묵은 능소화가 홀릴 듯 나를 바라보고 있는 거라. 그것들을 꺾어 비료 포대에 담았지. 행여 시들까 봐 동네 우물에 들러 물도 조금 뿌렸고. 우리는 읍내에서 버스를 타고서야 같이 앉을 수 있었지.

 유난히도 하늘이 맑고 햇볕이 따사로워 기분 좋은 졸음기가 몸과 마음을 나른하게 유혹하는 한낮이 지나고, 바닷가에 도착한 오후에는 갑자기 날씨가 아주 좋질 않았어. 하늘은 점점 회색빛으로 어두워지고 일렁거리는 바람도 심상치가 않았지. 태풍과 해일이 온다는 방송과 사람들의 걱정 어린 이야기들이 간간이 들리기도 했지만, 그런 얘기들이 우리 귀에 들렸겠는가. 아무것도 우리 사이를 파고들지 못했지.

 우리가 바다에 도착했을 때는 이미 비가 내리고 있었어. 덕분에 아무도 없는 바다는 오직 우리 두 사람 것이었지. 바람과 빗줄기는 점점 세차졌지만 사람 없는 긴 모래밭을 걸어가는 기분은 온 세상이 내 것인 양 다른 생각은 전혀 들지 않을 정도였어. 한참 그렇게 바닷가를 걷다 보니 인가도 사라지고 방파제가 나오더군. 하얗게 일렁이는 파도가 비에 젖은 우리 몸을 차갑게 스치기도 했었어.

 그러다가 비를 피할 수 있는 곳을 발견했지. 방파제 밑으로 두 개의 커다란 바위 사이의 구멍이었지. 두 사람이 들어가 앉으니, 어깨가 닿더군. 점점 거칠어지는 파도 소리가 우리가 있는 곳의 아늑함을 더해 주었어. 나는 비료 포대 속에서 조심스레 들고 왔던 꽃을 꺼냈지. 이미 시들어 있는 잎들을 꽃대 쪽으로 벌리듯 펼친 뒤 줄기로 하나하나 엮어 갔지. 꽃이 조금 시들었지만 그럴싸한 화관이 만들어졌고, 아무 말 없이 바라보고 있던 누이의 머리에 떨리는 손길로 능소화 화관을 씌워 주었지.

그때 화관을 쓴 누이의 얼굴이 천천히 다가왔어, 내 작은 얼굴로. 그 작은 부딪힘이 벼락같았다면, 내 안의 작은 솜털까지도 하늘을 향해 드리워졌다면, 적당한 표현일지 모르겠네. 그것이 내 처음이자 마지막 입맞춤이었지.

아가씨가 못 하는 소리가 없군. 그래, 그러나 그것은 정말이야. 물론 여러 여자와 잤지만, 나는 한 번도 그 여자들과 입을 맞춘 적은 없어.

너무나 강렬한 충격에 나는 가만히 앉아 있을 수가 없었어. 벌떡 일어나 빈 모래사장을 달리고 또 달렸지. 두 손을 번쩍 하늘로 치켜들고 가슴 벅차오르는 희열들로 나는 미쳐 버릴 것 같았고, 파도도 나처럼 미쳐가는 것 같았지. 얼마나 그렇게 달렸을까? 나는 우리가 앉아 있던 방파제 밑으로 돌아왔어. 누이가 보이질 않더군. 누이를 소리쳐 불렀지만 파도 소리 때문에 내 소리는 내 귀에도 잘 들리지 않았어. 비가 들지 않았던 우리 자리에는 바닷물이 홍건히 고여 있었고, 그때 갑자기 회오리치는 파도가 나를 덮쳐 왔어. 나는 온 힘을 다해 바위를 붙잡았지. 파도 속에서 설핏 주황빛을 보았다고 생각한 것은 착각이었을까? 왜? 무엇 때문에 나는 그렇게 살려고 기를 썼을까. 누이가 힘없는 나뭇잎처럼 파도를 타고 가버렸다는 것을 이미 느끼고 있었으면서도 파도가 덮칠 때마다 왜 그렇게 온 힘을 다해 바위를 붙잡았던 것일까? 겨우 이런 인생을 살기 위해서 말인가.

이 나이에 이런 주책을……, 자네 수건에서 좋은 냄새가 나는군.

나는 그곳에서 사흘을 지내다가 그 마을의 어부에게 발견되었지. 날마다 바다를 보며 두 해 가까이 그 마을에서 살았어. 사람들은 내가 말을 못하는 줄 알았지. 어찌어찌 소식을 들은 당숙이 나를 데리러 올 때까지.

집으로 돌아간 날 밤에 당숙이 혹시 누이의 일을 아느냐고 묻더군. 다음 날 새벽에 나는 집을 나왔어. 그때부터 떠돌기 시작했지. 그렇게 세월이 흐른 거야.

인생이 아무것도 아니야. 정말 아무것도 아니라는 생각이 들어. 자네도 그런가? 놀랍구먼. 하지만 이 늙은이를 너무 놀리지 말게.

아니야, 내가 어찌 자네의 그런 뜻을 모르겠나? 자네의 눈빛에 어려 있는 진심을 내 충분히 알지. 그런데 자네처럼 이렇게 곱고 착한 아가씨를 그 남자는 왜 버린 게지? 부모 그늘이 인생의 반이라는 말이 있지. 부모 없는 고아로 자란 아가씨보다는 부잣집 사위가 되는 것이 훨씬 좋을 것이라 선택한 것이겠지. 이렇게 말해 버리니 내 말이 섭섭한가?

다행이군. 나 역시 긴 인생을 살아오면서 누이와의 사랑이 깊은 상처로 자리하고 있다고 생각했었지. 그래서 혹시 생각날까 봐, 내 눈에 보일까 봐, 그것들을 피하기에 급급했지. 그러나 아니었어. 그 커다란 막사가 주저앉은 깜깜한 어둠 속에서 나는 누이와의 그 짧은 희열의 순간을, 능소화 화관을 쓴 누이의 얼굴을, 화관을 쓴 채 내 얼굴 가까이 다가오던 모습 그리고 누이와의 짧은 입맞춤의 촉촉함을 끊임없이 되새겼지. 말하자면 그저 상처라고만 생각했던 추억이 열나흘 동안 나를 먹여 살리며 숨 쉬게 한 거라면 자넨 혹시 어떤 마음인지 알려나?

자네, 기억 속에서 영영 지우고 싶다는 옛 애인과 자주 들렀다는 거기가 연정이라 했는가? 고즈넉한 한옥의 고풍이 한 몫한다는 찻집. 초여름 더위가 시작되면 꽃무리 마중을 하듯 몇 번이고 들렀다고 했지. 노송에 줄기를 타고 긴 이파리 사이사이마다 황금색 꽃들이 주렁주렁 풍경처럼 매달려 있는 모습이 선하게 그려지는 듯하네. 바람이 불면 수많은 풍경소리가 들리는 듯한 흔들리는 나뭇가지 선율. 그러다 비바람이라도 몰아치는 날이면 화단과 마당에 황금빛 통 꽃들이 융단을 깔았다고 하니, 낙화의 모습은 비장하기까지 했겠구먼. 참으로 처연한 그 모습은 동백꽃이나 석류꽃의 낙화에 못지않았을 것 같아. 자네는 그렇게 가슴 한구석 남아 있는 지난 기억들마저 더듬으며 잊어야 한다는 마음으로 작별 인사를 할 줄 아는 사람이니 내가 하는 얘기를 충분히 헤아릴 수는 있겠구먼.

이십 년 전인가 차를 타고 초화에서 무진으로 향하고 있었는데, 어느 마을 입구 높은 나무에 눈부신 주황색 꽃이 매달려 있는 거야. 급히 차를 세우고 가서 보니 수백 년이 됨직한 늙은 소나무에 능소화 줄기가 타고 올라 한창 꽃을 피우고 있었지. 기이한 모습에 나는 탄성을 지르며 감탄했었다네.

그 후 몇 년이 지나 다시 그 시골길을 지날 기회가 있어서 일부러 찾아보았다네. 그러나 끝내 그 노송에 피어 있던 능소화는 찾지 못했다네. 아무리 지난 기억을 더듬어도 도무지 그 장소를 떠올릴 수 없었지.

자네 혹시 그 이야기를 아는가? 언젠가 옛글에서 읽었는데 능소화의 꽃가루는 가시 형태여서 어떤 사람이 능소화를 올려다보다가 이슬방울이 눈 속으로 떨어져 나중에 끝내 실명을 했다는 거야. 그 얘기를 듣고 나는 기회가 있을 때마다 눈부신 주황색 능소화를 올려다보는 것을 사양하지 않겠노라 생각했다네.

이제 조금 있으면 해가 지기 시작할 거네. 자네는 그만 자네 갈 길을 가도록 해. 나는 좀 눕고 싶어.

그 어둠 속에서 꼭 죽고 싶지만은 않았지.

물론 그렇지, 자네들처럼 대단하게 여기지는 않았지만, 그리 나쁜 것만은 아니었지. 개똥밭에 굴러도 저승보다는 이승이 낫다는 말도 있으니까. 자네의 마음에 남아 있는 그 꽃도, 내 아련한 기억의 그 꽃도 이제는 다 끝났어. 그런데도 그렇게 어두운 계단의 바닥을 보고 싶나? 그럼 아예 자네도 나처럼 이렇게 비스듬히 누워 보게. 옷을 좀 버린다 한들 대수인가? 누워서 보는 하늘은 더 좋구먼.

퇴원하고 집으로 간 며칠 후였을 거야. 부엌을 사이에 두고 있는 아들놈 방에서 이상한 소리가 들려왔어. 문을 열었더니, 세상에 그곳은 사람 사는 곳이 아니었어. 다 벗은 연놈들이 대여섯 얼크러져 있었고 매캐한 연기와 술 냄새는 코를 찔러 댔고, 작은 병들이 여기저기 어질러져 있는데 지옥이 따로 없더군. 나는 손에 잡히는 빗자루를 들고 들어서서 여기저기 두들기기 시작했지.

결과가 어찌 됐을 것 같은가?

나는 놈들에게 몰매를 맞았어. 내 집에서 다 벗고도 부끄러운 줄 모르고 날뛰는 고등학생 아들놈과 그놈의 친구들에게. 계집아이들은 킥킥거리며 웃고 있었고, 결국 내가 너부죽이

뻗었을 때 계집아이들이 내 그곳까지 만져댔다면 자네 믿을 수 있겠나?

 어젯밤이었어. 방송에서는 지치지도 않는지 그 지긋지긋한 무너진 금광의 내부를 다시 내보내고 있더군. 좁은 갱도, 사방을 둘러싼 바위들, 나무로 만든 지지대, 곳곳에서 흐르는 지하수, 여기저기 뿔처럼 솟아난 철골과 시멘트 더미, 구급차와 노란 모자들. 그때 아들놈이 술 냄새를 풍기면서 들어오더군. 아나운서는 열변을 토하고 있었고, 이미 죽은 사람은 죽은 사람이고 그들에 대한 보상 문제가 시급하다는 거라. 죽은 사람 앞에 기본적으로 이억 원과 유가족들에겐 연금으로 이백만 원이 지급될 예정이라고 아나운서는 목에 핏대까지 세워 가며 말하고 있었어. 엄청난 돈이구나, 생각하고 있는데 아들놈이 그러는 거라.

 다른 사람들은 안전모와 안전등을 착용해도 잘만 죽더라. 저 늙은이는 왜 안 죽어. 저 늙은이, 내 돈 이억 원을 삼켜 버렸네. 저 아까운 내 돈을 고스란히 처먹어 버렸네. 건장한 사람은 다 죽었는데 저 늙은 영감이 뭐 볼일이 있다고 꾸역꾸역 살아 나와서 내 돈을 저렇게 없애 버린 건지. 에잇 재수 없어. 그리고 뭐, 황금? 붉은 꽃? 보기는 뭘 봐. 내 말이 틀렸어? 그렇게 누워 있지만 말고 당장 어디 무너지는 곳 없나 찾으러나 다녀.

자네 그런 눈으로 나를 바라보지 말게나, 그냥 마음껏 흐르도록 둬.

나는 이제 늙었어. 방황도 젊었을 때 이야기지.

내가 울 엄니를 생각하며 멍하게 앉아 있을 때면 누이도 자네처럼 그렇게 말없이 앉아 있곤 했었는데.

자아, 이제는 슬슬 가 봐야지. 가도 가도 끝도 없는 천 리 길이다마는, 어쩔 것이야, 어디건 가기는 가야지.

나 새로운 길을 가면 능소화 화관을 쓴 누이를 만날 텐데, 그걸 자네가 방해할 생각은 아니겠지. 고상한 자네의 도움으로 천상에 올라 몸소 구름 열어 보며 힘차게 겨루어 보고 싶어지네. 그럼 눈부신 황금빛 꽃무리 선명함과 마주할 수 있지 않겠나.

_계간 《문학과의식》 2023년 상반기호

진홍토끼풀밭에
밤이 내리면

동운에게 전화가 온 것은 밤 열 시경이었다.

블루투스 스피커에서 말러 교향곡 5번 4악장이 흘러나오고 있었다. 음악을 들으면서 '한 해의 시작과 끝이 모두 들어 있는 겨울은 환幻의 계절이기도 하다'는 가벼운 탄식을 하고 있었던 것 같다. 어쩐 일인지, 프랑스 브르타뉴의 눈 덮인 산이 그려진 그림을 이젤에 걸어 놓은 채, 뜨거운 태양의 나라 타히티에서 죽은 화가 폴 고갱의 마지막 순간이 떠올랐었다. 그렇다면 언젠가 '내가 맞이할 마지막 순간에는 어떤 풍경이 떠오를까?' 생각하며 어두운 방 안에 낮게 깔리는 선율에 취해 있었다.

"구스타프 말러…… 아다지에토네요."

"……"

일 년 만이었지만 목소리에 섞여 있는 흐릿한 비음만은 여전했다.

"그럴 줄 알았어요……. 기뻐요, 선생님 방 안에 울려 퍼지는 말러 음악을 듣게 되어서요."

설희는 자신이 듣고 있는 말러 CD를 동운이 선물했다는 것이 문득 생각났다.

"오해하지 마."

"괜찮아요. 음악의 선율은 머리가 아니라 가슴을 향한 것이니까요."

"그냥 우연히 틀어 놓은 것뿐이야."

"괜찮아요. 선생님은 아름다운 것을 느낄 줄 아는 분이잖아요. 첫눈에 알아봤어요. 지금도 생생히 떠올라요. 처음 선생님을 만났던 그 극장에서 말이에요. 영화를 보던 선생님의 눈빛을 잊을 수가 없어요. 함께 연주회에 갔을 때도요. 선생님 얼굴에서 오케스트라의 선율을 타고 환희가 일렁이고 있는 것을 느낄 수 있었어요."

지나간 기억들이 떠올랐다. 그러나 설희에게 떠오른 기억은 동운의 말과는 달랐다. 언젠가 넓은 연주회장의 맨 앞에서 연주가 끝날 때마다 자리에서 벌떡 일어나 큰 소리로 브라보를 외치는 동운의 모습에 얼마나 당황했었던가.

"그만해, 다 지나간 일이니까."

"선생님께는 지나간 일이군요. 늘 선생님과의 추억을 떠올리면 저에겐 지금 일어나는 일 같은데."

더 이상 응대해서는 안 된다. 무슨 핑계를 대서라도 이쯤에서 전화를 끊어야 했다. 설희는 초조한 심정으로 방 안을 둘러보았다. 마침 슬프게 느껴지는 현악기와 하프만의 감미로운 선율이 흘러나오고 있었다. 설희는 황급히 스피커 전원을 껐다.

"알고 계시잖아요. 결국 아름다움이 우릴 구원한다는 걸요. 선생님은 얼마나 아름다운지 몰라요. 일 년 전 그날 밤을 잊으셨어요? 선생님은 저의 열망을 깨워 주셨어요."

"제발 부탁이야, 그만해 줘."

설희는 전화를 끊었다. 곧바로 핸드폰 벨 소리가 울렸다. 벨 소리는 발작적으로 집요하게 들려왔지만 받지 않았다. 잠시 끊기더니 다시 또 울렸다.

"정말로 난 너에게 할 말이 없어."

설희는 전화기에 대고 정중하게 말했다. 길게 한숨을 토해 내는 소리가 귓가에 잡혔다.

"저도 알아요. 저에게 이젠 아무 감정이 없다는 걸. 하지만 내 심장이 자꾸 요동쳐요. 내 숨소리를 들어 봐요. 선생님과 함께라면……."

흑흑 소리를 내며 촉촉한 눈물이 흐르는 것이 느껴졌다. 음악 소리마저 멈춘 방 안에서 끊어질 듯 끊어질 듯 이어지고 있는 동운의 흐느끼는 소리만 귓가에 가까워졌다가 멀어졌다가 하고 있었다.

"우리는 모양이 다르겠지만 각자에게 부여된 외로움의 몫을 견디면서 살아가는 거잖아. 너의 그 참담한 마음도 들끓는 감정도 그럭저럭 견딜 만해질 거야. 가끔은 잊는 게 더 나을 수도 있어."

설희는 무슨 말인가를 더 하려다가 고요히 전화를 끊었다.

현석이 보고 싶었다. 현석과 함께하는 시간이 언제나 흡족했던 것은 아니다. 사실은 그 반대인 경우가 더 많았다. 늘 쓸쓸하고 헛헛했다. 시대와 존재를 향한 허기로 신경이 바늘 끝처럼 뾰족해져서 서로의 정신을 할퀴기도 했다. 때로는 무력했고 쓸데없는 자의식만 치렁치렁했다. 연속되는 만남은 더 이상 위로가 되지 않았다. 그렇게 꺼리고 피하면서도 의지했다. 왜냐하면 서로 닮은꼴이기 때문이었다. 아니, 어쩌면 전혀 닮지 않았는지도 모를 일이었다. 그러나 그런 건 중요하지 않은 문제였다. 정작 중요한 것은 두 사람이 그렇게 느꼈다는 데 있다고 생각을 이어갔다.

현석의 주변에는 많은 사람이 있었기 때문에 감질날 정도의 시간만 허락되었다. 설사 함께 있어도 현석의 존재는 오롯이 설희에게 속해 있다고 느끼게 하지 않았다.

'당신에게 난 도대체 어떤 의미야?'

그의 품에 안겨 있으면서 설희는 종종 그가 무슨 생각을 하든 이 시간만큼은 그가 온전히 자신의 것이었으면 하는 생각들을 겹겹이 쌓고 있었다.

사나운 바람이 십이월 마지막 날 밤을 통과하는 중이었다.

칠흑 같은 어둠 속의 전등들이, 띄엄띄엄 만들어 놓은 고립된 빛의 공간들이 설희를 지켜보았다. 입김 사이로 술집의 유리문이 뿌옇게 보였다. 자리에서 일어서려는 설희의 시선을 맞은편 현석이 붙잡았다.

'조금만 기다려.'

그는 눈으로 그렇게 말하는 듯했다.

'단지 견뎌보란 뜻이었을까, 진창 속을 견디고 견뎌 마침내 한 송이 연꽃이 피어나듯이 너를 향한 마음을 꽃피워 내란 뜻인가.'

그저 널브러져 있는 술집 구석 테이블에서 무엇을 더 기다리란 말인가, 따지고 싶었으나 설희는 그대로 앉았다.

그러나 지금, 동운의 몸은 욕실 바닥에 누워 싸늘하게 식어있을지도 모른다.

"견뎌봐, 조금만 더 견뎌봐."

어젯밤 설희는 수화기에 대고 그렇게 말했다. 핸드폰 저편에서 달그락거리는 소리와 함께 샤워기에서 물이 쏟아지는 소리가 튀어나왔다. 물소리에 섞여 동운의 흐느끼는 듯한 음성이 멀어졌다.

"완전히 잃느니 한 부분이라도 가지고 갈게요. 미안해요."
"넌 슬픔이 잉크처럼 번지듯이 서서히 물드는 사람인 것 같아."
"더 욕심내지 말고 멈췄어야 했는데, 바보 같이……. 내 마음이 머물 수 있는 곳이 이젠 없어요."

동운은 눈물을 흘리는 것 같았다.

마침내 현석이 자리에서 일어났다. 그가 일어나자 기다렸다는 듯이 벽에 기대 있거나 엎드려 있던 이들도 주섬주섬 일어났다. 벽시계를 보니 오전 여덟 시를 훌쩍 넘어 있었다.

푸, 심호흡을 크게 하고 나서 설희는 먼저 술집 밖으로 나왔다. 맞은편 상가 건물은 윤곽이 완연히 뚜렷해져서 우람한 몸체로 서 있었다. 건물 앞 공터에는 자동차들이 꽁꽁 얼어붙은 것처럼 납작 엎드려 있었다. 밤새 진눈깨비라도 내린 것일까, 보도블록은 여기저기 사금파리를 깔아 놓은 듯 반짝이며 빛났다. 밤새 칼날 같은 바람이 먼 포도로부터 달려와서 미끄러지듯이 구르는 자동차 뒷바퀴에서 갈라졌다. 보도에 닿자마자 녹는 눈, 소나기처럼 묵묵히 사라져 버리는 지나가는 눈이었다.

잿빛 구시가지가 삽시간에 희끗희끗하게 지워졌다. 그러고 보니 새해 아침이었다. 설희는 마흔이 넘으면 삶의 여정이 선명하게 드러나리라 생각한 적이 있었다. 정갈한 마음으로 손을 씻고 새해 아침을 맞이하리라 했던 다짐은 도대체 언제 적 것이었던가.

'무슨 상관이야.'

멀리 한옥 지붕들 사이에서 나무의 빈 가지들이 바람에 흔들리며 그렇게 말하는 듯했다.

'그래, 상관없어.'

설희는 고개를 주억거려 보았다.

'동운이 일을 저지르지 않았다면……, 그랬다면 말이야. 그것으로 충분하지.'

현석의 까칠한 얼굴엔 피로한 기색이 완연했다. 설희 또한 눈두덩에 납덩이처럼 들러붙는 피로를 느꼈다.

"이제야 다 보냈어."

현석이 꺼지는 목소리로 말했다. 목구멍을 타고 올라오던 반감을 설희는 꿀꺽 삼켰다.

"갑자기 새벽에 나오라고 하더니 이렇게 기다리게 해."

"그래, 미안해."

현석은 팔을 둘러 설희의 어깨를 감쌌다. 설희는 살며시 기댄 채 부들부들 떨었다. 그의 품은 따뜻했다.

"동운이라고 내가 아는 애가 있는데······."

오랫동안 참았던 말이 그제야 나왔다. 딴에는 감정을 절제한다고 했지만 어쩔 수 없이 목소리는 떨렸다.

"그 애가 나를 자꾸 찾아. 아니······ 죽었을지도 몰라."

현석은 흠칫 놀라는 듯했으나 설희의 어깨에 두르고 있는 팔은 여전히 그대로였다. 어깨에 느껴졌던 미세한 진동은 어쩌면 지나가는 바람이었는지도 몰랐다.

"듣고 있어? 그 아이가······."

"그래, 알아들었어."

그의 팔이 어느 틈에 설희의 어깨에서 떨어졌다.

"우리 일단 자리를 옮기자. 좀 따뜻한 곳으로······, 그곳에서 천천히 얘기하자. 그래, 그게 좋겠어."

설희는 마지못해 고개를 끄덕였다. 그러고는 차선을 따라 쭉 뻗은 인도, 그 인도들이 만나는 상가 옆 골목골목을 고갯짓으로 둘러보았다. 동운이 사는 집도 분명 이 근처 어딘가에 있었다. 비좁은 골목길을 지나 창이 낮은 오래된 한옥 처마 밑을 지나면 보이는 파란 대문의 집. 더디게 밝아 오는 푸르스름한 빛으로 어둠이 가시지 않은 이른 새벽 골목길에서 마주한 파란색 대문은 낯설어 보였다. 그러나 대문의 색깔조차도 가로등 불빛에 언뜻 그렇게 보였다는 희미한 기억뿐이었다.

현석이 차도에 성큼 발을 내딛고 건너기 시작했다. 몇몇

차들이 시끄러운 경적을 울리며 휙휙 지나갔다. 그는 신경질적으로 울려 대는 경적에도 아랑곳하지 않고 유유히 길을 건넜다.

설희는 문득 자신이 새벽에 했어야만 했던 일은 술집에서 밤새 그 무리 속에 끼여 현석을 기다리는 일이 아니라 희미한 기억일망정 골목길을 뒤지고 또 뒤져서 동운을 찾아내는 일이었음을 깨달았다. 동운의 집 주소를 몰랐다는 것은 어차피 핑계일 뿐이었다.

"제 손에 뭐가 있는지 알아요? 면도칼이에요. 후후후, 도루코 면도칼은 어디서든 쉽게 구할 수 있거든요. 가볍게 한 번 쓱 긋고서 눈 딱 감고 욕조 안에 누워 있으면 돼요."

'지금이라도 동운의 집을 찾아내야 한다. 하루 종일 볕이 들지 않을 것 같은 어두운 이층 방을 찾아내야 한다.'

그러나 물이 철철 넘치고 있는 욕조 가득 흥건할 붉은 피를 떠올리는 순간 심한 욕지기를 느꼈다. 도망치듯 설희의 발걸음은 어느새 현석을 따라 골목 안으로 들어서고 있었다.

보도블록 위에는 살얼음이 끼어 있었다. 골목 안 음식점들은 거의 문을 닫고 있어서 휑하니 찬바람만 불어 댔다. 밤새 술을 마시면 습관처럼 해장국 집을 찾는 현석의 뒷모습이 태평스러워 보였다. 설희는 이유가 분명하지 않은 적의를 느끼며 보도블록을 밟았다. 살얼음 위의 햇살이 그런 설희를 조롱

하듯 발밑에서 번뜩였다. 뻣뻣해진 고무 대야 위의 쓰레기 더미를 지나 저만치 김이 나는 커다란 화덕이 보였다. 현석은 화덕 앞에 멈추어 서더니 안으로 들어갔다. 자리에 앉은 그는 콩나물국밥 두 그릇과 소주 한 병을 시켰다.

"그래, 무슨 일이야?"

현석의 되물음에 어이가 없었다.

'이미 두 번이나 말하지 않았던가.'

현석의 동공은 이미 흐릿하게 풀려 있었다. 간밤에 현석과 그 무리는 소주 아홉 병에 맥주 스무 병 정도를 해치운 터였다.

"누가 죽었다며."

기억을 해냈는지 현석은 다시 말했다. 무심한 목소리였다. 설희는 맥이 풀렸다. 현석을 향해 곤추세웠던 적의가 실밥 터지듯 툭 터지는 듯했다. 마침 국밥과 소주가 날라져 왔다. 단출한 밥상이었는데도 그의 눈은 생기를 띠었다.

"우선 먹고 보자고, 어서 들어."

그는 지금 해야 할 유일한 일은 눈앞의 음식을 먹어치우는 일이라는 듯이 국밥을 먹기 시작했다. 후루룩, 소리가 유난히 크게 들려왔다. 캬, 소리를 내며 소주도 한 잔 마셨다. 설희에게도 권했지만 거절했다. 현석이 다시 내민 소주를 한 모금 입안으로 넣었다. 속이 울렁거리더니 다 넘어올 것 같았다. 두 눈을 찡그리며 설희는 한 모금의 소주를 다시 입안에 넣고는 꿀꺽 삼켰다. 작은 파도 같은 울렁거림이 한 번 지나가자 뜨거운 기운이 온몸으로 퍼져 나갔고 요동치던 속의 움직임이 순하게 가라앉았다. 설희는 잔에 남아 있던 소주를 단번에 다 마셔 버렸다.

눈앞이 핑그르르 돌더니 음식점 안의 사물들이 완만하게 춤을 추기 시작했다. 벽이 천천히 앞으로 걸어왔고 테이블이 둥둥 떠올랐다. 테이블 위의 그릇들은 쟁그랑 소리를 내며 서로 부딪쳤다. 어느 틈에 알몸인 동운이 설희에게 다가오고 있었다.

"저를 좋아하는 사람은 아무도 없어요. 사람들의 표정을 보면 알아요. 경멸을 감추느라 눈꺼풀이 실룩거리고 있는 걸요. 저는 그냥 웃어요, 바보처럼 말이죠. 누가 저를 싫어하는 것 같으면 너무 괴로워요."

동운은 불쑥 왼쪽 팔을 내밀었다. 살결이 흰 팔목 가운데에서 피가 분수처럼 솟구치고 있었다. 설희는 가볍게 도리질했다. 눈앞의 환영은 사라졌고 사물들은 모두 제자리에 있었다. 현석이 술잔을 들다 말고 눈을 둥그렇게 뜨며 설희를 바라보았다.

"동운…… 이라고, 어젯밤에 전화가 왔었어. 둘만의 송년회를 하고 싶다고, 만나자 하는데 거절했어. 그랬더니 자기 손에 면도칼이 있다고, 죽을 수도 있다고……."

　설희는 밤새 입안에 고여 있던 말들을 내뱉었다. 현석은 아무 말이 없었다. 난감하다고 할 수밖에 없는 표정이 일순간 얼굴을 뭉개듯 스쳐지나갔다.

　'정말 그 애가 죽었다면…….'

　설희는 매번 상황이 그렇듯 명확한데도 행동을 미루는 자신에 대해 생각했다. '내가 소심하기 때문일까?' 하지만 소심하다는 것만으로는 설명이 충분하다고 할 수 없었다. 안개가 진흙탕처럼 뭉클뭉클 꿈틀거리며 덮여 있는 듯했다. 막이 아닌 안개를 걷어낼 수도 없었다. 순간 이건 현석 탓이라고 생각했다. 그러나 현석과 동운은 아무런 관계도 없다. 그럼에도 '네 탓이야' 생각하는 순간 그 말은 주술처럼 뇌리에 달라붙었다. 불투명한 두꺼운 안개 속에서 분명한 어떤 실체가 몰아서 한꺼번에 드러나는 느낌이 들었다. 그러나 그 느낌은 또 한순간에 가뭇없이 사라져 버렸다.

　"생각만 해도 끔찍해."

　현석은 아무런 동요도 없이 그런 설희를 지켜보기만 했다. 정지된 시선이었다.

　"죽지 않았어. 그 앤."

　"뭐라고?"

　"그건 일종의 쇼에 불과해. 죽을 사람이 전화하겠어?"

그의 가슴속에 있던 말들이 필사적으로 더 빨리 발효되었던 걸까.

"음……."

설희가 보기에 동운은 그런 쇼를 할 정도로 영악한 타입은 아니었다.

"까짓것, 또 죽었으면 어때."

낮지만 또렷한 현석의 목소리가 들려왔다. 설희는 멍하니 그를 바라보았다. '죽게 내버려둬.' 얼핏 그렇게 들은 것 같기도 했다. 현석이 바로 뒤이어 한 말인지 아니면 설희의 내면에서 들려온 말인지 알 수 없었다. 설희는 악마의 속삭임처럼 정작 그 말을 듣고 싶었는지도 모른다고 생각했다.

'그 애는 너무 심약했던 것뿐이야. 물론 아름다움을 느낄 줄 아는 심미안이 있기는 했어. 하지만 병적이야. 정신적으로 문제가 있어 보였어. 이미 걷잡을 수 없는 자기 파멸의 길로 치닫고 있었던 건지도 몰라.'

설희의 안에서 또 하나의 목소리가 자분자분히 달랬다.

"치사한 자식 같으니라고. 죽을 생각이면 조용히 죽을 것이지 왜 전화를 하고 지랄이야."

현석의 욕설에 설핏 웃음이 나왔다.

'왜 그걸 생각하지 못했었지?'

진짜 죽을 생각이었다면 누군가 미리 알아채지 않도록

비밀에 부쳤을 것이다. 그러나 설희에게 전화를 걸어 자신의 방에서 욕실에 이르기까지의 과정을 낱낱이 알리지 않았던가.

아침 햇살은 골목 안 깊숙이 들어와 있었다. 부드러운 손길로 어루만지듯 햇살이 어깨와 등을 쓰다듬었다.

'그래, 내 곁엔 이 사람이 있어.'

현석의 얼굴은 다시 싱싱해져 있었다. 얼마나 든든한 일인가. 안도감 속에서 부드러운 기운이 온몸으로 번져 나갔다. 양 볼에 싸늘한 공기가 상쾌하게 와 닿았다. 현석은 어느 틈에 골목을 빠져나가고 있었다.

"이제 가 봐."

걸음을 멈추고 그가 말했다.

"이렇게 가라고?"

"하고 싶은 얘기 다 끝났잖아. 이젠 돌아가야지."

어린아이를 달래듯 다정한 말투였다.

"새벽에 보고 싶다며 불러 놓고 한참을 기다리게 하고선."

"얼굴 봤으면 됐지. 새삼스레 왜 그래?"

"혼자 있기가 좀 그래. 새해 첫날 아침부터 혼자서 거리를 배회하기도 싫고, 우리 정말 오랜만이잖아."

"이거, 참."

그가 가볍게 혀를 찼다. 설희는 그런 현석의 팔을 잡고 매달렸다.

'너는 또 내게서 달아나려는 거지. 집으로 가는 게 아닌 것 같은데…….'

설희는 팔을 꼭 잡은 채 그의 얼굴을 샅샅이 그리고 끈질기게 바라보았다. 그런 설희의 시선을 피하며 현석이 말했다.

"그럼 한 시간만 기다려 줘."

"한 시간?"

"그 정도면 될 거야. 잠깐 처리할 일이 있으니까. 한 시간 후에, 여기에서 만나. 추우면 어디 들어가 있든지."

더 이상 그를 붙잡아 둘 순 없었다. 현석은 재빨리 몸을 돌려 걷기 시작했다. 뒷모습이 차츰 멀어졌다. 설희는 뒤를 쫓고 싶은 충동을 애써 누르며 반대편으로 걸어갔다.

설희는 근처 카페에 들어가 커피를 한 잔 시키고는 이 층으로 올라갔다. 거리 쪽으로 향한 테이블에 자리를 잡았다. 건너편 공원에는 한겨울에 나무들이 잠들어 있는 동안에도 싹이 반짝이는 마로니에 나무로 에워싸인 기와 지붕이 보였다. 추위에 지친 비둘기들이 재빠르게 날아올랐다가 공원 안쪽 건물 사이로 사라지곤 했다. 길가의 앙상한 나뭇가지들은 바람이 지나갈 때마다 메마른 하늘을 흔들어 댔다. 설희의 시선이 창문을 통하여 거리의 이곳저곳을 선회하다가 멈추었다. 시선이 멈춘 곳은 길 건너편의 이 층 카페였다.

이 년 전 겨울이 시작되던 즈음에 갔던 곳이다. 출입문과 가까운 구석 자리에 앉았었다. 창문에 어깨를 기대고 시선을 멀리 던지니, 교차로가 눈에 들어왔다. 사방으로 도로를 가득 메운 차들, 일정한 간격으로 명멸하는 신호등, 떠밀리다시피 길을 걷고 있는 사람들, 그 위로 자욱한 회색 공기, 퇴근 무렵의 거리 풍경에 넌덜머리를 내면서도 창문에서 눈을 떼지 않았다. 그러면서 온 신경은 출입문에 쏠려 있었다. 현석은 늘 약속 시간을 어겼다. 출입문 열리는 소리가 들리면 어떤 기대와 동시에 안타까움으로 가슴은 한껏 조여 왔다. 발소리가 가까워지면 심장이 쿵쿵 울려 대는 것만 같았다. 여러 발걸음 소리는 몇 번이나 설희가 앉아 있는 구석 자리를 지나쳤다. 현석에 대한 그리움과 설렘은 그렇게 몇 차례나 밀물처럼 밀려왔다가 빠져나갔다.

거리에 불빛이 하나둘 돋아나기 시작했다. 자욱한 매연은 안개처럼 낮게, 낮게 가라앉았다. 건너편 패스트푸드점 내부는 어둠 속에서 한층 또렷해졌다. 삼 층이 모두 통유리로 되어 인공조명 속에서 화려하게 빛나고 있었다. 이따금 휘둘러보는 찻집의 어스레한 풍경은 대조적으로 우울해 보였다. 기다림에 지쳐 막막하고 무기력한 심정이 되어 더는 아무 생각도 할 수 없을 때쯤 그가 불쑥 나타났다.

"많이 기다렸지?"

다정하고 부드러운 목소리가 맞은편 자리에서 흘러나왔다. 설희는 창문에서 이마를 떼고 비스듬히 쓰러져 있던 어깨를 바로 세웠다. 현석의 얼굴엔 미안함이라고는 조금도 씌어 있지 않았다. 그러나 설희의 마음은 그의 얼굴을 보고 목소리를 듣는 순간 재빠르게 생기를 되찾았다.

"나갈까?"

그는 늘 경쾌하게 말했다. 언제나 그렇듯이 대답을 기다리지 않았다. 찻집에서 나온 그는 앞장서서 걸어갔다. 설희는 두세 걸음쯤 뒤에서 따라갔다. 그의 모습은 인파에 가려 사라졌다가 저만큼 앞에서 다시 나타나곤 했다. 그러나 그와의 거리를 애써 좁히려 하지 않았다. 발바닥이 참을 수 없이 아파왔다. 설희는 아무 데고 털썩 주저앉고만 싶어졌다.

현석은 그날 자꾸자꾸 걷기만 했다. 한참을 걷다가 이번에는 좁은 골목길로 접어들었다. 골목 안은 더러웠다. 바닥에는 구정물이 고여 있었고 시큼하고 비릿한 냄새가 코를 찔렀다. 연이어 있는 식당들 문 앞엔 시커먼 버너가 푸른 불꽃을 뿜어내고 있었고 그 위의 커다란 솥 안에서 무엇인가 역한 냄새를 피우며 부글부글 끓어대고 있었다. 짙은 화장을 한 나이든 여자들이 문 앞에서 손님을 끌었다. 비좁고 더러운 골목길을 배경으로 입가에 웃음을 베어 물고 손짓하는 여자들의 모습은 괴괴했다.

설희는 그만 되돌아가고 싶었다. 자신의 단출한 방, 울리지 않는 핸드폰을 바라보며 혼자서 맛없는 밥을 먹고, 벽을 향해 혼잣말하는 자신의 일상으로 돌아가고 싶었다. 사실 설희의 일상은 오래전부터 고여 있었다. 그 공간은 무엇보다 생명의 약동이 없었다. 혼자 있는 밤이면 어쩔 수 없이, 그동안 겪어온 삶의 모든 기억이 고립되고 봉인된 것처럼 느껴지는 연속의 날들이었다. 마치 인생 자체가 전진을 원하지 않는 것처럼 고단했다. 설희가 밝은 쪽으로 나아가는 것을 막는 힘이 자기 자신의 몸속에 대기하는 것처럼, 그때마다 주춤거리며 길을 잃었던 시간을 모두 합하면 얼마나 될까, 그런 생각이 들 때가 많았다.

가던 길을 되돌아 그가 가까이 다가왔다. 현석의 걸음걸이와 고갯짓 하나하나가 골목길의 축축한 공기를 뒤흔들어 놓았다. 그리고 설희에게 부드럽게 속삭였다.

"왜? 나랑 다니기 싫은 거야?"

귓가에 뜨거운 입김이 느껴졌다.

"아니, 이 골목길이 마음에 안 들어서 그래."

현석은 대수롭지 않다는 표정을 지으며 골목길을 두리번거리며 훑어보았다.

"둘만의 공간으로 가고 싶어."

현석은 그제야 고개를 끄덕였다. 그러고는 설희의 손을 잡고 골목 안쪽으로 걷기 시작했다. 둘의 발소리가 좁은 골목 위로 맞지 않는 박자처럼 울렸다.

방 안은 고요했다. 농밀하게 무르익은 어둠 뒤의 가구들은 희미한 배경으로 물러나 있었다. 현석의 숨소리가 낮고 불규칙하게 들려왔다. 그 소리는 바로 곁에서 들려왔지만 동시에 닿을 수 없는 먼 곳에 있는 것처럼 느껴졌다. 방 안 전체가 텅 비어 버린 듯 공허했다.

"당신이 처음은 아니야, 아내가 아닌 여자와 잔 게."

현석의 눈빛은 아래로 쏟아질 것처럼 위태롭고 낯설어 보였다.

"그동안 만났던 여자들은 모두 나를 좋아했어."

현석은 설희의 가슴에 얼굴을 묻었다.

"만나는 사람은 없어?"

설희는 그의 눈을 가만히 들여다보고만 있었다. 그리고 아무 말도 하지 않았다. 그의 눈빛이 잠시, 거의 미동도 하지 않았다고 말할 수 있을 정도로 가볍게, 촛불처럼 흔들렸다.

그의 손길이 설희의 볼을 가볍게 어루만지며 말했다.

"많이 보고 싶었어. 네가 자꾸 생각나더라고."

그의 입술이 설희의 입술을 더듬었다. 현석과 설희는 필사적으로 상대의 혀를 찾았고 상처 입은 한 쌍의 짐승들처럼 서로를 어루만졌다. 숨이 막혀 질식할 정도로 깊은 키스를 나누었다. 현석의 떨리는 손이 가슴 속으로 미끄러져 들어올 때 설희의 눈앞에는 비 오는 핏빛 바다가 펼쳐지고 있었다. 붉은빛 바다 앞에 두 사람이 알몸인 채로 서 있었고 거대한 파도가 두 사람을 당장이라도 집어삼킬 것처럼 기세등등하게 밀려오고 있었다.

그의 거칠한 숨결이 이명耳鳴처럼 귓전을 맴돌았고, 그의 손이 설희의 허벅지를 부드럽게 주물렀다. 주위를 맴돌던 작은 물새들이 하나씩 파도 속으로 자맥질하기 시작했다. 설희는 말하고 싶었다. 오래전 알고 있었던 남자의 이야기를, 다정했던 그와의 한 시절을. 그리고 그 남자가 한마디 말도 없이 자신을 떠나갔던 사실을. 아니, 무엇보다도 한번 사랑이 지나가면 다시는 누군가를 사랑하는 것이 쉽지 않다는 것을.

현석을 처음 만난 것은 설희가 큐레이터로 근무했던 시립미술관에서였다. 그는 그해 여름 매월 정기적으로 여는 작가와의 만남에 초청된 금속공예 작가였다. 정작 그날 작가를 초대한 관장은 자리를 비운 상황이었고 마침 휴가철이라 강연이 시작되는 시간까지도 넓은 시청각실은 텅텅 비어 있었다. 시간이 되자 빈자리를 드문드문 메워서 강의는 무사히 마쳤다.

현석의 첫인상은 수수함과 무심한 패션이 상대방에게 일종의 알 수 없는 위압을 주는 듯했다. 흡사 쥐스킨트의 소설에 나오는, 검정 외투를 입고 어디론가 바삐 걷는 좀머 씨를 연상시키는 그는 다소 심각하고 단호해 보이기도 했다. 마르고 핏기 없는 표정의 얼굴을 무채색의 옷 속에 감추고 고독의 무게가 내려앉은 발걸음을 옮기며 낮고 단조로운 목소리로 강연을 마쳤다. 강연료를 전달하는 일도 설희에게 주어졌다. 강의가 끝나고 현석이 보이지 않아 미술관 구석구석을 찾아 헤맨 끝에 중앙 현관 앞에 서 있는 걸 겨우 발견했다. 오랜 시간 혼자만의 고독과 자유로운 삶에서 얻은 독창적인 사유의 결정들을 몸 안 가득 사리처럼 간직하고 있는 듯한 그는 안경 속에서 반짝이는 눈으로 설희에게 고개인사를 했다. 그 눈빛이 서늘하게 느껴지기도 했다.

"너무 죄송해요. 이 더위에 힘든 걸음 하셨을 텐데."

"괜찮습니다, 그게 뭐 댁의 탓도 아닌걸."

그쯤에서 강의료 봉투를 전달해도 되었을 텐데, 설희는 그날 진심으로 미안한 마음이 들어 한마디 더 건넸다.

"여름 날씨 탓인 것 같아요. 더위는 사람들의 감정까지 게으르게 만드니까요."

현석이 껄껄 웃었다.

"상관없다니까요. 게다가 난 유명하지도 않아서 아마 사람들이 많이 왔으면 오히려 불편했을 겁니다."

설희는 가볍게 머리를 숙인 후 강연료가 들어 있는 봉투를 내밀었다.

"이거 참!"

어색하게 봉투를 받던 현석이 말했다.

"그러지 말고 내게 시간 한번 내 줘요. 그쪽이야말로 오늘 고생이던데, 내 한턱내리다."

거절하기에는 친근감이 느껴지는 목소리가 설희의 마음을 잡아끌었다. 더군다나 여름 내내 설희는 기획 전시로 시달리고 있었다. 테이크아웃한 커피를 들고 미술관 정원을 걸으며 얘기가 이어졌다.

최근에 등산 장비를 새로 준비했다면서 산행이 주는 즐거움에 대해 흥겹게 말하는 그에게 산에 가는 게 왜 좋으냐고 물었다. 현석은 사우나를 한 것처럼 개운한 느낌을 강하게 받는다고 했다. 설희는 얘기를 들으며 미소를 지어 보였다. 현석은 계속 말을 이어갔다. 일상을 슬쩍 지우고 사사로운 부딪침이나 여러 관계들을 전체적으로 보게 해 주는가 하면 좀 더 너그러워지는 자신을 발견할 수 있다고 했다.

'사물과 세계를 있는 그대로 직시하게 되고 모든 게 맑아지는 느낌이 다른 무엇보다도 좋다는 걸까?'

그 후로 다른 작가들과 함께 만나기도 했다. 그는 늘 혼자 전시장에 나타나 전시를 보거나 뒤풀이 자리에서 조용히 술을 마시고 담배를 피우다가 홀연 사라지기도 했다.

　어느 날 둘만의 약속으로 만나서 밥에 곁들여 반주를 몇 잔 하고 노래방에 갔었다. 구석의 조명이 현란한 빛을 내뿜으며 돌아가고 있었다. 현석의 노랫소리가 밀실 안 어둠 속에서 흐느끼듯 울려댔다. 소파에 앉아서 맥주를 마시며 화면을 바라보았다. 현석이 연달아 대여섯 곡의 노래를 부르는 동안 화면은 처음부터 다시 시작되었다. 며칠째 계속해서 내리는 비로 실내는 눅눅하고 끈끈한 공기로 가득 차 있었다. 테이블 위에는 나뒹굴고 있는 빈 맥주 캔과 과일 안주가 놓여 있었다. 노래를 마친 현석이 설희를 일으켜 세웠다. 설희는 소파와 테이블 사이의 비좁은 공간에서 엉거주춤 안기는 자세가 되었다. 익숙한 노래 반주가 흘러나왔다. 그러나 현석은 노래를 부르지 않았다. 노랫가락에 맞추어 설희의 상체가 부드럽게 흔들렸다.

　"이제부터 서로 말을 놓기로 하지. 예의를 갖추면 난 하고 싶은 말이 나오지 않는 성미라서."

　현석의 목소리는 조금 퉁명스러웠다. 아마도 네 번째 만남 정도였다. 반말하기에는 아직 이른 감이 있었다. 밀실 안은 후덥지근한 열기로 가득 차 있었고 설희의 귓가에는 익숙한 노래가 흐르고 있었다. 게다가 남자의 품이 아늑했다. 설희는 현석의 허리에 팔을 둘렀다.

"내겐 아내가 있어. 오래전에 자궁을 들어냈지."

현석은 설희를 안은 채 한 바퀴 돌았다. 테이블 모서리에 설희는 무릎을 짓찧었다. 어지러웠다. 급하게 들이켰던 맥주가 갑자기 뜨겁게 올라왔다.

"몇 년 동안 우린 각방을 쓰고 있어."

현석은 숨을 멈추고 설희를 바짝 끌어안았다. 설희는 그의 어깨에 부딪히지 않도록 고개를 살짝 돌렸다.

"너도 외롭지? 외로운 사람은 둘 중의 하나야. 타인에게 지나치게 친절하거나 지나치게 쌀쌀맞지. 지난번에 너는 내게 지나치게 친절했어."

더운 입김이 귓가에서 속살거렸다. 노래 반주는 더 이상 흘러나오지 않았다.

햇살로 하얗게 달구어진 여름이 지나고 가을이 왔다. 미술관 정원에 있는 커다란 후박나무의 잎들은 누렇게 변해가고 단풍잎의 붉은 색감은 선명해지고 있었다.

설희는 지난 상반기부터 얼마나 많은 작가와 만나고 얘기를 나누었던가. 여러 기획 전시로 정리할 일이 번다했다. 그 사이에 비가 한 번 내렸고 정원은 비에 젖은 낙엽들이 어지러이 흩어져 있었다. 한 달 동안 무수했던 행사 서류 정리가 거의 끝나자 설희는 탈진할 것만 같았다. 현석에게는 오랫동안 연락이 오지 않았다.

겨울이 다가오고 있었다.

미술관 마당의 나무들이 빈 가지로 남아 싸늘해진 공기를 흔들어 댔다. 일에 치이고 사람에 치이던 어느 날, 갑작스레 누군가와 약속을 잡기엔 부담스러워 퇴근 후에 설희는 혼자 영화관을 찾았다. 영화를 보고 나왔을 때는 비가 내리고 있었다. 영화의 여운인지 내리는 비 때문인지 술 한 잔이 떠올랐다. 북적이는 큰길에서 벗어나 영화관 길 건너 좁은 골목을 걷다 보니 파란색 병 모양의 조명이 환하게 켜져 있고 그 병 위에 달이 올라가 있는 간판이 눈에 띄었다. 출입문에 '혼술 환영'이란 글귀가 반갑게 적혀 있었다. 가게에 들어서자마자 머리 위로는 벚꽃으로 만개한 장식이 음주 전부터 색다른 위안을 주는 듯했다. 테이블도 간격 유지가 잘 되어 있어서 부담 없이 적당한 자리에 앉을 수 있었다. 들어서는데 혼자 앉아 있던 젊은 남자와 눈이 마주쳤다. 그는 설희를 안다는 듯이 반가운 눈인사를 보내왔다. 설희의 술병이 반도 비워지기 전에 그 남자와 합석했다. 그는 예의가 바르긴 했지만 말이 많았다. 자신이 보았던 영화며, 즐겨 듣는 음악 얘기가 쉴 새 없이 흘러나왔다. 설희가 미술관에 근무한다는 사실을 알게 되자 그는 눈을 지그시 뜨며 웃었다.

"온종일 미술 작품들과 함께 지내시는군요. 참 부럽네요."

"글쎄요. 그건 생각보다 지루하고 갑갑한 일이에요."

"예술을 가까이하는 이들, 미술 작가들을 동경해 왔어요. 막연하지만 관심이 있었거든요."

얼핏 그의 얼굴에 어두운 그림자가 드리워졌다.

"그동안 틈틈이 DVD나 음악 CD를 사 모았어요."

왠지 멋쩍어져서 설희는 일없이 웃었다.

"그럼 나도 존경스러워 보이나요?"

"예. 아주 잘 어울려 보여요."

설희는 젊은 남자와 함께 자주 시간을 보냈다. 그가 미술관에 와서 전시회를 관람하는 날도 있었고 퇴근 후에 함께 음악회며 극장에 가기도 했다. 그는 지나치게 친절했다. 자신이 더 어린 듯하니 말을 놓아도 좋다고 했다. 그는 설희에게 선생님이라는 호칭을 썼다. 설희는 문득 '이 남자가 외로운가?' 생각했다.

그는 연말이 다가오는 즈음에 설희를 집으로 초대했다.

빛이 들지 않는 방이었다. 창문 밖은 옆 건물의 외벽이었고 창문 위에는 암막 커튼이 둘러쳐 있었다. 사면이 모두 LP, CD, DVD와 스피커로 에워싸여 있었다. 설희는 TV 화면과 마주하며 자리한 소파에 앉았다. 처음에는 피아노 선율이 흘러나왔다. 설희도 이따금 듣곤 하던 엔니오 모리꼬네의 영화 음악이었다. 그는 천장을 가리키며 스피커의 성능을 보여 주고 싶다고 했다. 그러고는 영화를 함께 보자고 했다. 태연함을 가장하며 사랑으로부터 필사적으로 도망치는 남자의 부끄러움을 내면의 복합적인 감정으로 표현하는 내용이었는데, 어느새 감동이 가슴 끝까지 밀려와 마음을 적시는 영화였다. 영화가 끝난 뒤에도 배경 음악의 여운이 한동안 귓가에 머물렀었다. 영화를 보는 내내 그의 눈빛은 강렬하게 타오르듯 하면서 촉촉하게 젖어 있곤 했다. 영화가 시작할 때 불을 껐기에 방 안은 이미 어두웠다.

그 순간 설희는 갑자기 현석이 생각났다.

'당신은 지금 어디에 있는 거지?'

거친 숨소리가 발밑에서 들려왔다. 그가 소파 아래에서 무릎을 꿇은 채 간절한 눈빛으로 설희를 올려다보고 있었다. 그는 괴로운 듯 헐떡거리며 설희의 무릎에 뺨을 비벼댔다. 영화, 음악…… 세상과 격리된 것 같은 남자의 방, 그는 서툴렀고 감상적이었다. 그는 그동안 보았던 모든 영화의 장면과 들었던 모든 선율의 절대적인 미를 음미하는 듯했다. 설희는 그의 도취에 차츰 빠져들어 갔다.

"당신, 참 매력적인 여자예요."

그는 감격에 찬 얼굴로 설희의 이마에 입을 맞추었다. 그의 눈썹이 가늘게 떨렸다.

"너는 아름다워."

설희는 그의 귀에 대고 속삭였다.

급류처럼 한바탕의 수치심이 지나간 뒤, 역설적으로 더 큰 쾌락에 열망이 싹 타올랐다. 쾌락의 끝은 죽음 같은 고요였다. 아무런 색채도, 소리도, 의식하고 있는 자신마저도 없었다. 수축한 동공 사이로 무엇인가 명징하게 떠올랐다가 사라졌다. 그의 입에서 신음 소리가 나올 때면 설희는 자신도 모르게 그의 어깨에 손톱을 깊이 박았다. 단단한 살집이 손톱 끝에 느껴졌다. 그만 목을 조르고 싶은 충동으로 숨이 막혀오곤 했다. 둘 사이는 말수가 적어졌다. 아니 말이 필요하지 않았다. 설희는 그 순간 오랫동안 현석을 만나지 못한 탓이라고 생각했다.

다음 날 아침 그의 방 창문에 어렴풋이 박명薄明이 걸리기 시작했을 때 설희는 잠에서 깨어났다. 그는 밝고 평화로운 얼굴로 잠들어 있었다. 방바닥에는 벗어 놓은 옷가지와 CD, DVD 등이 어지러이 흩어져 있었다. 옷을 입는 사이 그가 깨어났다. 그리고 조심스럽게 설희에게 다가왔다.

"어젯밤 일, 꿈은 아니죠?"

남자의 목소리는 떨렸다. 설희는 알몸의 남자를 외면하며 말했다.

"나 일찍 볼 일이 있어서."

설희의 목소리는 몹시 건조했다.

"우리 다시 만나는 거죠?"

"그럼."

남자의 얼굴에서 떠오르는 환한 빛을 보는 순간, 설희는 자기 얼굴이 굳어지고 있음을 느꼈다.

"다시 만나는 거죠?"

"어, 그럼, 그럼."

그 말은 진심이 아니었다. 설희는 도망치듯 그의 방에서 빠져나왔다.

"처음이에요? 아니……, 전 처음인데, 아무래도 좋아요. 늘 타인의 사랑을 엿보기만 했는데 제게도 그 사랑이 찾아온 거예요."

간밤에 속삭이던 그의 목소리가 설희의 귓가에 달라붙어 있었다. 설희가 그에게 했던 말은 진심이었다. 화려한 것은 아니지만 불꽃처럼 열정이 있는 그는 아름다웠다. 하지만 그 순간이 사랑은 아니었다. 사랑을 기다리던 수많았던 밤들이 그를 안고 있는 설희의 기억 속으로 흘러들었다. '아니었다고, 그 어느 밤도 사랑은 아니었다고, 다만 상처만 깊어지고 있었다'라고 속삭였다.

그의 집에서 서둘러 나온 뒤 설희는 지하철역 화장실에서 자줏빛 립스틱을 발랐다. 그러고는 거울 속에 보이는, 립스틱을 짙게 바른 여자에게 걷잡을 수 없는 환멸을 느끼며 그곳을 빠져나왔다. 그날 이후 동운을 만나지 않았다.

"와, 눈 온다!"
 누군가의 외침에 카페 창가 쪽 테이블에 앉아 있던 몇몇이 자리에서 일어났다. 커다란 유리창 밖으로 흰 눈이 점점이 흩날리고 있었다. 햇살은 얇은 구름 사이에서 은은하게 빛났다.
 눈발은 희뿌연 대기를 가득 채운 채 난무했고 점점 더 굵어지고 있었다. 눈송이들이 유리창으로 곤두박질하듯 달려들었다. 설희는 유리창에 손바닥을 댔다. 손톱만 한 눈송이들이 닿을 듯 다가왔다가 그대로 녹아 버렸다.
 설희는 문득 고개를 들어 창밖을 내다보았다. 길 건너편 바람에 휘날리는 눈발 아래 현석의 모습이 보였다. 그는 혼자가 아니었다. 현석의 어깨에 여자의 어깨가 겹쳐 있었다. 그들의 어깨 위에서 눈송이들이 춤을 추고 있었다. 모퉁이에서 그들은 헤어지는 모양이었다. 현석이 모퉁이를 돌자, 여자는 가던 길을 다시 돌아왔다. 여자의 모습이 정면으로 보였다. 그녀는 새벽에 술집에서 설희의 옆에 앉아 있었던 여자였다. 설희는 여자의 모습이 멀어져서 작은 점 하나로 남을 때까지 시선을 떼지 않았다.
 그동안 한 번도 현석을 소유한다는 생각을 해 본 적이 없었다. 사실 현석은 솔직했다. 자기의 말투와 행동에서 알게 모르게 얼룩져 있는 다른 여자들의 존재를 의도적으로 숨긴 적은 없었다.

"사랑은 순간 속에서 도달하는 영원과 같은 거야. 그 순간이 지나면 서로의 존재는 닿을 수 없는 곳으로 달아나 버리고 말지."

현석은 그렇게 말하곤 했었다. 유리창에서 떼어 낸 설희의 손은 한동안 허공에 머물러 있었다. 무엇인가 움켜쥐려 했다가 놓친 것처럼 몹시 허전했다.

카페에서 나온 설희는 눈을 맞으며 길을 걸었다. 길은 현석과 만나기로 한 장소에서 점점 멀어지고 있었다. 눈송이들이 미친 듯 휘날렸다. 뒤돌아보니 백지에 쓰인 먹글씨 같은 검은 발자국들 위에 다시 눈이 덮이고 있었다. 비록 잠시 머물다 갈지라도 상처가 아물고 아프지 않게 하려는 듯 때맞춰 살포시 앉는 듯했다.

좁은 골목으로 길이 이어졌다가 다시 넓어졌다. 길 건너 골목 어귀가 익숙한 느낌이 들었다. 건물이 낮은 카페 간판 뒤로 줄지어 선, 창이 낮은 한옥 처마들을 보니 갑자기 기억이 선명하게 떠올랐다.

'저 안에 있을 것이다. 녹슨 가로등, 파란 대문, 빛이 들지

않는 이층 방이 있던 곳, 저 안에 있을 것이다.'

설희는 걸음을 재촉했다.

'너무 늦은 건 아닐까?'

얼굴로, 몸으로 세차게 휘몰아치는 눈송이들을 거슬러 걸음에 속도를 내었다.

갑자기 무엇인가 딱딱한 물체에 얼굴을 부딪쳤다. 순간 몸이 붕 하고 떠오르는 듯하더니 그 자리에 풀썩 쓰러졌다. 아무런 의식도 감각도 없이 한동안 그대로 있었다. 바닥에 닿은 뺨에서 아리고 얼얼한 통증이 느껴졌다. 사람들이 웅성대는 소리가 가까이 들려왔다. 힘겹게 눈을 떠 보았다. 눈 위에서 조금씩 번져 나가고 있는 것은 붉고 선명한 피였다.

바람이 소리 없이 눈을 몰고 지나갔다. 쏟아지는 눈 속에서 그리움도 열정도 꿈과 현실도 모두가 아득하게만 여겨졌다. 온몸이 후들후들 떨렸다. 굵은 눈물방울이 툭 흘러내렸다. 설희는 입술을 열어 중얼거렸다. 그것만이 최선의 작별 인사라 생각하며.

_ 계간《시와산문》 2023년 겨울호

연화, 마주치다

그곳이 서울의 어느 구區였는지, 지방의 초라한 번화가였는지 정확하지는 않다. 사람들이 빈번히 오가는 번화가와 대학 하나가 어슷하게 마주치고 있는 도로 안쪽, 모퉁이를 서너 개 돌아가면 사람들의 발길이 뜸해지면서 불빛이 보인다. 공사장 같은 곳에서 흔히 볼 수 있는 널빤지에 검은 페인트로 아무렇게나 손 글씨로 쓴 간판과 금빛 백열등이 낯설게 더듬어 온 어둠을 지그시 누르고 있다.

'연화'라는 꽃 이름이 낯설지 않았다. 입술을 움직여 가만가만 발음해 보니 이자카야라든가 혹은 The Bar 같은 이름이 아닌 '술집 연화', 여느 집과 다른 것은 무엇일까. 연꽃 분위기를 내는 그 무엇의 느낌은 없었다.

넉넉함을 찾아 발길을 좀 더 길게 이끌고 가는 이들에게만 그 빛나는 미소를 보일 뿐이다.

지난주, 흰 연꽃을 보려고 전남 무안 회산백련지를 찾았었다. 드넓은 연못에는 방석만 한 진초록 연잎들만 일산처럼 끝없이 펼쳐져 있을 뿐 정작 구경하러 간 백련은 군데군데 드물게 피어 있어 눈에 잘 띄지도 않았다. 오래 계속된 장마로 일조량이 적어 수온이 낮았던 탓에 연꽃이 피지 않은 것이라 했다. 시야 가득 넘쳐날 백련의 흰 물결을 기대했던 나는 실망을 금할 수 없었다.

수직으로 쏟아지는 팔월의 햇볕은 따가웠지만 연신 불어오는 시원한 바람은 감미로웠다. 바라보고 있자니 절로 머리가 맑아지고 가슴속이 환하게 트이는 듯했다. 한차례 지나간 소나기는 또 다른 별세계를 보여 주었다. 초록 연잎 위에 수많은 흰 물방울들이 부딪혀 깨어지고 굴러떨어지는 모습이 참으로 아름답기 그지없었다. 연못가를 거닐면서 어느덧 실망 대신 황홀한 행복감에 젖어 들었다.

술집 연화가 언제부터 그곳에 있었는지 확실하지는 않다.

평범한 토요일 오후, 남들보다 몇 걸음인가를 내친김에 더 걷기 시작하던 어느 순간에 금빛으로 골목의 어둠을 가뭇하게 밝히고 있는 술집 연화를 발견한 것이다. 골목을 지나는 바람 냄새가 여름을 비켜 가고 있었다. 바람 냄새가 달라진 골목을 걷다가 느낌 좋은 술집을 골라 들어간 것은 순전히 나의 몫이 된 것이다.

　때로는 이런 것이 참 이상했다. 아무 예상이나 의심 없이 비슷한 하루를 지내다가 비슷한 걸음으로 비슷한 시간에 비슷한 거리를 걸었다고 생각했는데 결과가 늘 같기만 한 것은 아니라는 게.

　그날 처음으로 술집 연화를 만났을 때, 그곳의 심장부에 닿기 위해 여러 개의 깊은 계단을 내려가야 했는데 또 한 번 기묘한 환상에 빠지는 기분이었다. 가파른 벽과 계단들은 그냥 시멘트로 초벌 마감되어 있는데도 모두 금빛으로 반짝거렸다. 그건 마치 금빛이 샘솟는 우물처럼 깊었다.

　마지막 계단을 막 내려섰을 때 분명히 들었다. 빛이 샘솟는 소리와 같은 음향. 머리 꼭뒤부터 어깨와 허리를 거쳐 발치까지 분수처럼 흘러 적시는 나른한 빛에 발작적으로 수축 작용을 일으키는 홍채 운동을 감지하며 나는 하, 하는 신음을 토해냈다. 마치 심장의 고동 소리 같은 둔탁한 리듬으로 피가 용솟음치듯 펌프질하고 있었다.

　그 공간에 들어선 순간, 나는 이내 흩어지고 있는 나를 볼 수가 있었다. 먼저 머리카락과 손톱들이 저 스스로 움찔거리며 이탈을 감행하고 조리개의 나사가 스르륵 풀리면서 적당히 조절되는 적외선 감지 카메라처럼 화면을 더듬기 시작

연화, 마주치다

했다.

  시골 동네 떡집 같은 외관과 달리 고풍스러운 감성의 실내장식이 눈길을 사로잡았다. 계산대 뒤쪽의 자개장이 복고풍 분위기를 만드는 데 큰 몫을 하는 것 같았다. 자줏빛 은은한 조명이 깔린 분위기에 저렴한 가격대의 와인이나 병맥주를 즐기며 적당히 취하기 좋은 곳이었다. 그곳에는 희뿌연 삶의 분진을 몇 방울의 알코올로 씻어 내려는 몇몇이 잔을 기울이고 있었다. 값싼 널빤지로 바처럼 테이블이 둘러쳐져 있는 벽과 천장은 콘크리트로 마감된 그대로 진한 노란 페인트가 칠해져 있고 노랗다 못해 투명한 백열등이 군데군데서 발광하고 있었다. 그제야 나는 밖에서 보았던 금빛의 진원에 홀려 그 빛의 흑점 속으로 깊숙이 들어서 있음을 알았다.

  실내를 더듬는 내 앞으로 주인이라 짐작되는 사내가 다가와 섰을 때 순간적으로 당황했다. 그의 모습이 기이했기 때문이다. 아라비아풍의 가죽신과 검은 바지에 헐렁한 검은 셔츠 차림으로 검은 머리칼을 길러서 뒤로 묶었으며, 나를 바라보는 두 눈은 진지하게 깊었다. 그는 나를 홀의 중간쯤에 있는 빈자리에 앉게 했다.

  어디선가 시원한 바람이 해풍처럼 밀려왔다 가곤 하는 게 느껴졌다. 한쪽 구석에는 커다란 구식 팬이 휘휘 돌아가며 바람을 일으키고 있었는데 에어컨보다 더 서늘한 느낌이 드는 그런 바람이었다.

 심장의 혈류처럼 힘차게 펌프질하던 음악이 어느새 멈추어 버렸으나 음악에 신경을 쓰는 사람은 없었다. 혹시 내가 잘못 들어온 것은 아닌가 하는 생각에 스스로 행보를 의심하며 술을 마시고 있을 때 또 누군가가 간간한 발소리와 함께 들어섰다.

 인기척에 돌아보았을 때, 나는 어떤 여자와 눈이 마주쳤다. 그 여자는 미니스커트에, 몸에 딱 달라붙는 소매 없는 티셔츠를 입고 한눈에도 꽤 미인이라고 생각되는 세련된 용모를 지니고 있었는데, 일행이 없어서인지 아니면 누군가를 기다리려고 마땅한 자리를 고르는 중인지 알 수 없는 표정으로 주위를 서성였다.

 주방에서 일하던 주인이 다시 등장해서 친밀한 눈빛으로 여자를 알은척했다. 가벼운 미소를 지으며 내 옆의 빈 테이블에 앉은 여자는 글라스 와인과 명란 오이 카나페, 꿀과 견과류가 올려진 구운 브리치즈를 주문하고 내게 말을 걸었다.

 "연화엔…… 처음인가 봐요?"

 어떻게 알았을까. 그건 간단하다. 여자가 이곳의 단골이라면. 나는 그냥 대답 대신 미소를 지었다.

 "전 여길 자주 오거든요. 술을 좋아하죠. 그쪽도 그런 거 같은데요?"

여자는 이제 능숙한 바걸 같은 자세와 어조로 내게 지속적인 관심을 드러낸다. 문득 내게 신기루처럼 나타났다가 사라져 간 여자들의 얼굴이 폭죽처럼 머리 위에서 명멸한다.

"무슨 일을 하세요?"

여자는 갑자기 내 옆으로 아예 자리를 옮겨 친근한 미소를 보이며 묻는다.

'아, 뭐라고 해야 할까…… 신문…… 기자?'

사람들은 대부분 이렇게 비슷한 질문을 연속적으로 퍼붓기 마련이다. 무엇 때문에 그들은 나의 직업이 구체적으로 궁금한 것일까. 그러나 나는 더 이상 대답하지 않는다. 그러면 그들은 내가 거만하거나 혹은 매우 겸손하여 스스로 신분을 밝히기를 싫어한다는 정도로 이해해 주곤 한다. 대신 그곳에 가게 된 경위를 간략하게 얘기해 줄 수는 있다. 혼자 사는 중년 남자가 대개 그렇겠지만 여가를 보내는 방법으로는 술을 마시거나 여자를 만나는 일이 가장 쉬운 일인데 마침 월급날이 다가오면 얇아지는 지갑 속 현금은 매우 귀해지다 보니 적은 돈으로 술을 느긋하게 마실 만한 곳은 없을까, 골목을 헤매다가 낯선 이곳까지 오게 된 것이라고.

"그러는 당신은?"

내가 여자에게 직업을 묻는 것인지 아니면 나처럼 이곳에 오게 된 이유를 묻는 것인지 알 수 없는 질문을 했다.

"저요? 전 연극배우예요. 아, 물론 아직 정식으로 출연한 작품은 없지만, 지금은 배우 훈련 중이거든요. 적어도 내년쯤이면 이 한사라에게도 작품 하나쯤 들어오지 않겠어요?"

여자는 한 가지를 물으면, 세 가지씩 대답하는 버릇이 있는 것 같았다. 나의 반응이나 태도에 상관하지 않겠다는 듯이 술을 마시다가 입가에 미소를 지으며 계속 이야기를 했다.

"연극을 하려면 먼저 몸부터 풀어야 해요. 무슨 얘기냐면 무용을 한다든지, 발성 연습을 한다든지 해서 어떤 역이든 적극적으로 대응할 수 있도록 가능한 조건으로 채우는 거죠. 물론 춤보다 노래를 더 잘하는 사람도 있고 나처럼 노래보다는 춤을 더 잘하는 사람도 있긴 하지만요. 그렇지만 그런 차이는 별거 아니라고 생각해요. 왜냐하면 노력하다 보면 분명 일정 수준에 도달할 수 있거든요. 오페라에서 프리마돈나가 되느냐 못 되느냐는 그 이상이 필요하죠."

"난 연극 잘 몰라요. 사람들은 무엇 때문에 연극 따위를 보나 몰라요. 영화 볼 시간도 없는데."

나는 여자의 자존심을 깎아 문지르고 싶어져서 시큰둥하게 대꾸했다.

"무슨 말씀이세요? 인간의 가장 오래된 예술 방식인데. 그리스 비극 중에 《히폴리토스》라는 작품이 있어요. 의붓아들을 사랑한 페드르라는 여자 때문에 일어나는 한 집안의 몰락을 그리고 있어요. 후대로 오면서 극작가 장 라신이 《페드르》라는 제목으로 희곡을 썼죠. 그 작품을 읽고 크게 감탄했어요. 페드르는 정념 때문에 자식과 남편 그리고 자신까지도 파멸에 이르게 만든 기구하게도 충격적인 불륜의 사랑이죠. 가혹한 숙명의 그 이름! 그런 극단적인 역할은 정말 매력적이에요. 언젠가 그 역할을 꼭 하고 싶어요."

여자는 애초에 내가 생각했던 것보다 기대 이상으로 자신이 하는 일에 열심인 것 같았다. 학부 전공이 국문학이다 보니 '장 라신' 이름은 문학사 시간에 들어 본 것 같기도 하다. 한동안 떠들다 지쳤는지 여자는 혼자서 안주도 먹지 않고 와인을 벌컥 들이키며 불쑥 묻는다.

"아…… 저 음악, 아시죠?"

언제부턴지 다시 음악이 흐르고 있었다. 여자가 주목시킨 음악은 내가 한 번도 들어본 적이 없는 이상하리만치 가라앉은 피아노 연주곡이었다. 나는 음악에 대해 아는 것이 없는 편이라 무지하다고 해도 맞겠다.

"저건 그노시엔느 피아노곡이에요. 제가 이곳에 오면 주인이 나를 위해 틀어 주는 거예요. 제가 좋아하거든요. 이 음악을 처음 알게 된 건 제가 스무 살 무렵이었어요. 그 시절 연극 연출을 하는 선배와 연애하고 결혼 준비까지 하고 있었는데 어떤 이유로 끝이 났어요. 내가 연극배우가 되려는 이유도 어쩌면 그 사람 앞에 보란 듯이 나서고 싶은 걸 거예요. 하지만 어쩌면 너무 늦었을지도 모르죠."

여자는 갑자기 발작적으로 킬킬거리기 시작했다. 묻지도 궁금해하지도 않는 자신의 실패한 연애담을 털어놓으면서 나를 황당하게 만드는 여자가 싫었다.

"물론 이런 곳에서는 어울리지 않지만, 술을 마시면서 저걸 들으면 혼자서도 흥분할 수 있거든요."

아! 그렇게 말하고 나자 여자의 가슴이 어느 순간부터 점점 팽창하는 것처럼 보였다. 조명이, 금빛 백열등이 저 스스로 빠르게 회전하며 여자의 주위를 집중 조명하기 시작했다. 너무 눈이 부셔서 오히려 일순 암흑에 싸이는 듯한 기괴한 환상이 좁은 시야에서 눈물처럼 번지고 있었다. 조금 전까지만 해도 눈빛을 빛내며 이야기하던 모습은 사라지고 농밀한 유혹의 향기만을 온몸으로 내뿜으며, 여자는 술인지 음악인지에 취하고 있었다. 놀라운 것은 그런 여자의 모습을 주목하고 있는 사람이 나뿐만이 아니라 주위의 다른 술꾼들도 우리 자리를 지켜보며, 곧 다른 일이 이어지기를 바라는 것처럼 분명히 음탕하고 야릇한 표정들이라는 점이었다.

술을 마시고 적당히 취했음에도 순간 나는 부끄러움을 느꼈다. 나 자신이 발가벗겨지고 여자와 정사를 즐기는데 커튼이 확 들춰지기라도 한 것처럼 모멸감까지 밀려왔다.

그 광경을 지켜보던 주인이 곤란한 표정으로 다가와 주위의 이상한 기류를 차단하려 애쓰고 있을 때, 나는 벌떡 일어나 버렸다. 웃음소리 같은, 환호성 같기도 한, 깊은 우물 속에서 수면에 반사되어 울리는 듯한 소리가 그림자를 잡고 따라나서는 것 같았다.

그렇게 처음으로 들렀던 술집 연화에서 나는 낯설고 이상한 경험과 기억을 갖게 되었다. 처음 한동안은 계속 무언가 앙금이 남아서 가끔 술렁이며 정신을 뿌옇게 흐려놓기도 했지만, 다시 일상생활로 분주했다. 만학도로 야간 대학원에 들어간 나는 뭐 특별히 원대한 목표가 있는 건 아니지만 일단 시작한 공부는 끝내기 위해 일자리가 필요했고, 선배의 알선으로 지난봄부터 A일보 인터넷 뉴스팀 기자로 일하게 되었다. 저녁에 무언가 하는 일이 있는 사람에게는 비교적 안성맞춤인 돈벌이였다. 말은 하지 않지만 더 이상 다른 직업을 구할 수 없어 마지못해 그곳에서 일하는 듯한 다른 몇몇 동료에 비하면 특별한 부담이나 불안함을 갖지 않고도 나의 생활은 그럭저럭 괜찮았다.

두 번째로 술집 연화를 찾기까지 맹렬한 여름과 가을이 가는 몇 달 동안 그곳에 대한 기억은 급속하게 탈색이 진행되었다. 은근히 마음만 바쁘고 한편으로 기분이 들떠서 영 실속

없이 지나는 연말이었다.

그날, 그러니까 다시 술집 연화를 혼자 찾은 날은 그런 어느 날이었다.

어렸을 때 부모님이 모두 돌아가신 이후로 대학에 들어갈 때까지 나는 이모네 집에서 살았다. 일찍부터 시작된 더부살이라는 심적 부담은 이모가 멀지 않은 친척임에도 늘 눈치와 허기를 담보처럼 안고 있었다. 점점 외곬으로 빠져서 친구도 거의 사귀지 못한 채 소년기와 청년기를 보낸 탓으로 사회생활을 하면서도 나는 여태 마음에 맞는 친구 하나 없다.

어쩌면 그래서 쓸데도 없는 공부를 붙잡고 있는지 모르겠다. 외로움이라거나 쓸쓸함 같은 감상은 이미 내게는 의미 없는 감정인 것이다. 직장이나 학교에서도 일부러 여럿이 모이는 자리가 아니면 굳이 누군가에게 함께 한잔하러 가자는 말도 하지 않고, 스스로 그런 일을 불편해하고 있었다. 혼자 술을 마시러 가는 일은 내게는 아주 자연스럽고 당연한 일이었다.

오래간만에 한숨 돌릴 만한 여유가 생긴 그날, 짧은 초겨울 해가 이미 져버린 퇴근 무렵에 기억을 더듬어 골목과 모퉁이들을 예상하지 않고 걷다가 가뭇한 어둠 속에서 그 불빛을 다시 만나게 된 것이다. 순간 그 빛은 마치 나에게 기다리고 있었다고 말하는 것처럼 보였다.

계단 아래부터 지상으로 난 출입구는 밝은 노란 빛으로 흥건했지만, 처음에 보았던 그 빛은 아닌 것 같았다. 바랜 것처럼 보이는 그런 몽롱함 때문에 머릿속이 번잡스러워짐을 느꼈다. 나는 출입구 맞은편 어떤 가정집의 대문 계단 중간에 주저앉아 담배를 꺼내 물었다. 이 골목은 사람들의 발길이 잦은 곳이긴 하지만 어쩐지 그날은 좌우의 골목들에서 끊긴 듯, 폐쇄 당한 듯 아무도 기웃거리거나 발길조차 들이지 않았다. 앉은 채로 길게 담배 연기를 뿜는다.

언뜻 이미 걸쭉하게 침전된 골목의 어둠 사이사이로 촘촘하게 박힌, 모래보다 더 작은 빛의 알갱이들 사이를 느리고 유연하게 푸르스름한 꼬리를 흔들며 헤집고 다니는 바람을 보았다. 부드러운 온몸의 융털 돌기로 어둠을 깜박이는 것처럼 보이게 하며 느릿느릿한 시간과 공간 사이를 머뭇거리며 전진하거나 후퇴하거나 혹은 회전의 몸짓을 보인다.

때로는 취하지 않아도 머릿속이 부산해진다. 예전에 내가 돌돌 말아 처박아 두었던 기억들, 낡고 허름한 혹은 펼쳐 보면 왠지 낯선 추억들이 고개를 든다.

내가 열세 살 때, 출장차 갔던 외국의 고속도로에서 아버지가 사고로 돌아가신 후 어머니가 회사를 도맡아 경영했다. 어머니 역시 유능한 사업가의 아내답게 경영 일선에 나서기에 흠이 없었다. 하지만 어머니가 형제도 없는 나만 달랑 남겨 놓고 아버지의 곁으로 간 것은 아버지의 사고 후 불과 삼 년 만이었다. 마찬가지로 교통사고였다. 그 후로 나는 이모네 집에서 살게 되었고 나에게 상속되어야 할 유산과 더불어 경영권도 그 회사에서 직원이었던 이모 부부가 위임받았다.

"언제든지 원할 때는 네 몫의 재산을 돌려줄 테지만, 그동안 회사를 유지하고 키운 공로도 있으니까······."

이모부는 입이 마르는지 입술에 침을 바르며 말끝을 흐렸다.

'내가 너무 어렸기 때문에 그럴 수밖에 없었던 것일까.'

이모 부부는 분명히 어린 조카를 위하여 판단하고 처리했을 것이다. 왠지 내 것을 너무 많이 내준 것은 아닌가 하는, 당신들의 말대로 부모가 사고사인 것은 사실이겠지만······ 하는 의문이 들기도 했다. 이제는 벌써 이십 년이나 지난 일을 들추는 것 또한 어려운 일이고, 내 몫을 되찾겠다고 나를 키워 준 이모네에게 깃발을 들어 올릴 수도 없었다.

어릴 때는 다만 부모도 없는 나를 키워 주는 게 고마웠으나 부모님의 사망에 관한 이야기를 듣게 되었을 때, 이야기를 해주면서도 뭔가 조심스러워 보이는 표정이라든가, 이제는 회사 경영에 참여하지 않겠느냐는 말조차도 하지 않는 것을 보며 나는 왠지 언짢은 기분을 떨칠 수가 없었다.

대학에 들어갈 즈음 그들은 굳이 말하지 않아도 되었을 얘기를 해 주었고, 지금은 내가 원해서 작은 아파트에 혼자 살게 된 것이다. 지금이라도 정식으로 내 몫의 재산을 주장할 수 있지만, 그렇게까지 해 가면서 이모 부부와 껄끄러운 관계가 되고 싶지는 않았다. 나의 소심하고 미온적인 성격은 필사적으로 돈이나 명예에 관심을 보이지 않는다. 내가 원하면 언제든지 결혼 비용과 고생하지 않고 살 수 있을 만큼의 뒷받침은 해 주겠다고 하는 그들의 약속을 믿기 때문일 것이다. 아무러면 어떤가, 그들도 사실은 내 피붙이인 것을.

오랫동안 갇혀 있던 기억들이, 그날 그렇게 하나씩 혀를 날름거리며 눈을 부라리던 생각들이 우뚝 제자리에 멈춰 버린 것은 그녀가 내 앞에 서 있다는 것을 알아차린 순간이었다.

"어라?"하며 나는 하이힐에 걸린 시선을 끌어올려 노란 백열등의 역광에 어렴풋이 드러나는 여자의 얼굴에 플래시를 터뜨렸다. 여자는 뜻밖의 공격에 놀란 듯 눈을 커다랗게 뜨고 입술을 동그랗게 만들어 '오'라고 말하는 것처럼 보이며 아무 말 하지 않고 서 있었다. 두 사람은 단박에 서로를 알아보았다.

"안녕…… 하세요. 전에…… 그분, 맞죠?"

나는 엉덩이를 엉거주춤하게 들어 올리고 바지를 쓱쓱 문지르며 일어섰다. 여자는 어깨를 한번 으쓱해 보이고는 술집 연화의 입구로 방향을 잡았다. 나도 무심코 뒤를 따랐다. 계단을 하나하나 밟아 내려가는 순간, 어둠이 덕지덕지 들러붙어 있는 나의 온몸에 샤워 물줄기처럼 쏟아지는 금빛 조명이 잠시 숨을 쉬지 못할 정도로 휘청거리게 했다.

우리? 여자와 나를 우리라고 불러도 될까. 술집 연화엔 빈자리가 거의 없을 정도로 이미 술꾼들과 음악과 성향을 알 수 없는 열기로 꽉 차버려서 터져 나갈 지경이었다. 예의 있는 주인이 미소를 띠며 나타났고 우리는 벽 쪽으로 둘러쳐진 비좁은 자리에 나란히 끼여 앉았다. 오랜만에 들른 그곳은 처음과는 달리 어떤 편안함이 느껴지는 듯했다. 계절이 바뀌어서 겨울이 시작되고 있는데도 노란 페인트로 휘장을 두른 술집 연화는 여전히 봄날 같은 밝음과 안온함이 느껴질 정도였다.

누군가와 함께하는 일에 익숙하지 않지만 약간의 어색함과 낯섦이 기분 좋은 느낌을 들게 했다. 여자와 일행임을 암시하며 자연스레 함께 테이블에 앉아 술과 안주를 주문했다.

근원이 불투명하고 농밀한 빛으로 가득 찬 주인의 눈빛은 언뜻 무언가 속삭이는 듯했으나, 되묻기도 전에 주방으로 돌아가 버린 그는 다시 나타나지 않았다. 대신 나는 곧 흥분된 공기에 감염되듯 빠른 속도로 알코올에 흡수되어 갔다. 함께 와인을 두 병쯤 비웠을 때, 우리 사이에는 내가 짐작할 수 없었던 정도의 유대감 같은 게 금물처럼 녹아 고여 있었다.

"당신을 처음 본 게 언제였죠? 봄이던가요?"

아니, 내가 이곳에 처음 오고, 그녀를 본 것은 지난여름이었다.

"아직 배우 훈련 중이라고 했잖아요?"

여자는 붉게 달아오른 얼굴로 몹시 힘들어하는 표정을 지었다. 그것은 공허에 찬 눈빛이었다.

'그렇게 쉽게 인생이 승부가 나리라고 생각했던 것일까? 그런데……, 뭘까? 무엇이 여자를 괴롭히는 것일까?'

여자는 술집의 음악과 분위기에 취하듯 비틀거리는 걸음으로 음악 신청을 하고 와서 내게 묻지도 않은 이야기를 해 주었다. 여자의 어머니는 자신을 낳다가 돌아가셨고 열 살이 될 즈음에 중학교 교사인 아버지는 자신을 따르던 제자를 부인으로 맞은 것이다. 대학에서 그녀의 전공은 연극이었는데 같은 과 선배와 사랑에 빠지게 되었고, 가족들도 그에 대해 호의적이었는데 특히 젊은 계모가 관심을 보였다. 그는 연출을 공부하는 삼 학년 복학생이었고 그녀가 졸업 여행을 갔을 때 그가 여자의 집에 두고 간 노트를 찾으러 그녀의 집으로 갔다. 그때 계모가 숨겨져 있던 열정을 폭발시키며 그를 유혹했다. 감당하기 어려울 정도의 정열에서 달아나야 한다는 죄의식과 조심스러운 호기심 사이의 아슬아슬한 경계선에서 고통받는 그에게 여행에서 돌아온 여자는 심상찮은 변화를 느꼈다고 한다.

"졸업 여행 내내 불안하고 두려웠어요. 제가 다그치니까 죄지은 사람처럼 얘기하더라고요. 얼마든지 그 여자는 그럴 수 있는 여자였어요. 평소 그를 보는 눈길이 예사롭지 않다고 느꼈거든요. 어쩌면 예정된 결과였을지도 몰라요. 아버지에게 그 사실을 알렸어요. 결국 집안은 풍비박산이 나고 이복 남동생은 외가에서 살고 난 혼자 남게 됐죠. 내 첫사랑은 그렇게 흔적이 보이지 않을 정도로 흩어져 버렸어요."

나는 그 순간 무슨 말을 해야 할지 몰라, 그냥 멍하니 여자의 입술이 달싹이는 모습만 보고 있어야 했다.

"이젠 아무 소용도 없지만 내가 그냥 모른 척했더라면 아무 일도 없었을까요? 차라리 그 여자를 이해할 수 있었으면 좋겠어요."

여자의 눈가에 눈물이 반짝거렸다. 이럴 때는 뭐라고 한마디 근사하게 해 줘야 하나, 지난번 만났을 때 여자가 고전 비극의 대표작 《페드르》에 대해서 얘기했던 생각이 났다. 경우는 좀 다르지만 비슷한 얘기였다. 왜 여자는 페드르 역을 하고 싶어 할까. 자신의 애인을 빼앗으려 했던 계모를 증오하면서, 그 때문에 매력을 느낀다는 걸까. 인간의 악마적 본성의 발현에 여자는 한편으로 쾌감을 느끼는 것일까.

언젠가 읽었던 그 책의 주인공 페드르는 자신이 아무리 계모일지라도 한 가정에서 어머니로서의 자기 인식이 부족했으며 오로지 정염에 불타는 악마적인 여자일 뿐이다. 그런 여인을 무조건 비난할 자격이 우리에게 있기는 한 걸까. 그러면서 그렇게 개성이 강한 캐릭터는 현대극에서는 보기 드물기에 배우라면 누구나 한 번은 탐을 낼 만한 인물임에는 분명하다고 느꼈었다.

"그 남자를 잊지 못하고 있군요."

여자가 말한 대로 그 남자 앞에 우뚝 보란 듯이 나서기 위해 연극을 하려는 것일까? 아니면 한 가정을 파멸로 이끈 운명의 신에게 보기 좋게 복수하기 위해서? 여자의 옛날 애인이 궁금해졌다.

문득 나는 나의 부모님 얘길 하고 싶어져서 여자가 듣거나 말거나 지껄였다. 이곳에 들어오기 전에 입구에서 쭈그리고 앉아 추억했던, 이모부가 해 주었던 얘기를.

"부모님의 사망에 얽힌 사연을 그들이 꾸며냈을 수도 있어요. 그렇지만 사실일 수도 있어요. 그래서 추측만 머릿속에 가득할 뿐 선뜻 아무 짓도 저지를 수가 없는 거예요."

"내가 경솔했다는 얘길 하고 싶은 건가요? 난 처음부터 계모가 싫었어요. 언제나 아버지에게 잘 보이려고 애썼고 나한테도 잘해주는 것 같았지만 왠지 진심으로 푸근함은 느낄 수 없었어요."

여자는 계모에게 질투를 느끼고 마음속으로 미워하고 있었는지도 모르겠다. 마지막 남은 술잔을 단숨에 비우고 여자가 테이블에 고개를 파묻는다. 울음소리 같은 흐느낌이 새어 나오는 듯하다. 나는 순간 막막함이 졸음처럼 밀려옴을 느꼈다.

정신을 가다듬어 주위를 살폈을 때 시간은 이미 자정을 넘기고 있었다. 터져 나갈 것 같던 열기도 사그라들고 없었다.

이런 지하에 철문 출입구를 가진 술집들은 마감 시간 따위는 별문제가 아니다. 그냥 잠금 버튼만 눌러 버리고 간판 불을 꺼 버리면 이곳은 지하의 철옹성, 술꾼들의 아지트가 되는 것이다. 그래도 거개 술꾼들은 자정 무렵이 되면 슬슬 엉덩이를 일으켜 세우고 발정한 그들의 목울대를 다독이며 집으로, 아내의 젖가슴 속으로, 낯선 여자의 가랑이 사이로 숨어들기 위해 귀소 본능을 앞세워 돌아간다. 나는 번번이 닫힌 현관문을 용케도 나보다 먼저 뚫고 들어간 어둠과 냉기만이 다소곳한 그곳으로 돌아가고 싶지 않았다.

여자를 위로할 겸 자리를 옮겨 한 잔을 더 하자고 하려는데, 그런 나를 두고 여자는 비틀거리며 먼저 일어났다. 뒤따라 주인 남자가 내게 뭐라고 알아들을 수 없는 말을 던지고 철옹성을 빠져나가는 모습을 보며 나는 또다시 그 우물에서 두 발을 지느러미처럼 흔들며 빠져나왔다. 그리고 집을 향해 언제 어느 순간에도 잠들지 않는 지겨운 귀소 본능에 의

지하여 걷기 시작했다. 올 때와는 달리 두 번씩이나 제정신이 아니라는 게 마음에 들지 않았지만, 어쩔 수 없는 무의식과 술에 취한 의식의 중앙선을 아슬아슬하게 미끄러지며 걸었다. 그러면서도 자꾸만 이런 휘말림에 화가 났다. 이상한 여자를 두 번씩이나 만나고 쉽사리 해결될 수 있을 것 같지 않은, 나와는 전혀 상관도 없는 이야기를 듣게 된 것이 몹시 언짢았다.

그러나 나의 연말은 그렇게 복잡하고 어찌 보면 전혀 신경 쓸 이유도 없는, 제삼자의 괴로움 따위는 잊힐 만큼 어수선하고 분주했다.

십이월 삼십일, 송년회를 했다.

동료들은 일차로 사무실 근처 횟집에서 배를 두드려 가며 편집국장과 다른 몇몇 부서의 부장들이 참석한 가운데, 묵은 연말은 서둘러 보내고 싱싱한 새해를 맞아 더욱 잘해 보자는 판에 박힌 송구영신을 나불거리며 갈갈거렸다. 자정이 가까워지고 들어갈 이들과 남는 이들로 나누어져 성인 나이트클럽으로 이동하였다.

일차는 몰라도 이차까지 함께 가게 된 나는 좀 괴로웠다. 여럿이 어울려 북적거리는 것도 싫은데 게다가 성인 클럽이라니. 그냥 만만한 곳을 갈 것 같지도 않고, 때가 때이니만큼 얼마나 많은 어중이떠중이가 득시글거릴 것인가. 그렇다고 먼저 가겠다는 소리를 꺼냈다가는 유치한 야유를 들어야 한다. 그런 그들의 야유는 나를 부러워하거나 아니꼬워서가 아니라, 오히려 깡그리 무시하는 데서 나오는 것이니 차라리 그냥 참고 몇 시간 견디는 편이 더 나을 것이었다. 여기저기서, "야, 홀딱쇼 하는 데 가는 거냐, 이게 얼마 만이냐?" 하는 흥분된 소리가 들려왔다.

총무 노릇을 하는 Y가 킬킬거리며 걱정하지 말라며 일행을 안내한 곳은 이태원이었다. 어두운 계단을 앞 사람의 등에 손을 짚어 가며 내려간 지하 공간은 다른 세계에 온 것처럼 요란한 음악과 현란한 조명, 곳곳의 간이 무대에 높이 올라선 반라의 무희들로 휘황찬란했다. 넓은 객석은 이미 꽉꽉 들어찼으며 대충 헤아려 보니 여자보다는 남자가 더 많아 보였다.

술도 마시기 전에 그 안의 후끈한 열기로 일행은 모두 초점을 잃은 눈으로 개개거리며 비틀거렸다. 자정을 넘긴 이 깊은 시간에 옆구리마다 끼여 앉은 여자들은 도대체 무슨 생각으로 이곳에 남아 흥청거리는 걸까, 술에 더 취해서 절대로 집으로 갈 수 없게 되길 주문이라도 거는 걸까.

구석 자리에 앉아 병맥주를 연거푸 들이켜고 있을 때, 무대에 나가서 한바탕 휘젓고 들어오는 이들의 뒤로 음악이 잦아들면서 쇼가 시작되고 있었다.

"홀딱쇼 하는 거? 이제 시작인가?"

모두가 술렁거리면서 무대 중앙을 주목하기 시작했다.

"아냐, 이번엔 뱀 쇼라는데?"

'아, 그 징그러운 뱀을 가지고 뭘 한단 말인가?'

한창 히트인 끈적끈적한 외국 노래의 흐름 속으로 한 여자가 거의 알몸이나 다름없는 차림으로 무대에 등장했다. 순간 객석 여기저기에서는 흑 하는 호흡이 고르지 못한 숨소리가 터져 나왔다. 붉은 조명 빛을 받은 여자는 파르스름하고 초록빛이 도는 번들거리는 비늘이 있는 구렁인가, 뱀인가, 정말 징그럽게 굵고 커다란 파충류를 목에서부터 허리를 지나 한쪽 다리에 감고 있었다. 리듬에 따라 여자는 이상한 자세를 취하며 뱀의 몸뚱이를 이용해 스스로 목을 조르는 시늉을 해 보이며 어떤 자극적인 자세를 만들며 남자들을, 객석을 가득 채운 이무기들을 흥분시키고 있었다. 시간이 흐를수록 어둡고 음흉한 공간은 발정한 성기들로만 가득했다. 한쪽 구석에서는 누가 옆에서 보든지 말든지 분주한 일도 벌어지고 있었다.

본격적으로 무대의 여자는 흐르는 땀과 관능으로 그나마 걸쳤던 얇은 시폰 볼레로를 벗어 던진 채 헉헉거리다가, 발치에 똬리를 틀고 있던 뱀이 슬슬 기어올라 가슴을 휘감자 오르가슴을 느끼기라도 하는지 야릇한 신음을 토했다.

그때, 나는 여자를 기억해 냈다. 짙은 화장과 과장된 표정으로 감추거나 가릴 수 있는 것에는 한도가 있었다. 연화, 술집 연화에서 만난 그 여자였다. 나는 갑자기 뭔가에 크게 한 방 얻어맞은 기분이 되어 엉거주춤 자리에서 일어섰다.

신년 나흘간의 연휴를 잠의 공격에 포위되어 지내는 동안 평범한 날이 흘렀다.
이제 좀 더 정신을 가다듬기 위하여 방을 정리했다. 술집 연화의 이름이 적힌 라이터를 발견하고는 왠지 다시 그곳이 그리워졌다. 잠시 생각에 잠기기도 했으나 이상하게도 기억에 남아 있는 것은 별로 없었다.

일월 중순, 도심은 겨울 강에 낮게 엎드린 작은 돌섬처럼 시린 어깨 사이로 고개를 잔뜩 처박은 채 옹송그리고 있었다.
두꺼운 외투 차림으로 나는 그곳을 찾아갔다. 약간 두근거리는 마음으로 어쩌면 그녀의 모습에서 나와는 또 다른 새로운 삶의 의욕 같은 걸 발견할 수 있지 않을까 하는 기대 같은 걸 품은 채였다.
여기 이쯤이라 생각되는 모퉁이를 여러 개 돌아보았지만, 어느 골목에서도 술집 연화는 쉽사리 나타나지 않았다.
골목 자체가 불명확해져 버렸다. 밤이 아니라서 찾기 어려운 것일까. 정확한 오차와 비슷한 확률을 가지고 다음 날 저녁에 다시 가 보았을 때도 연화는 있지 않았다. 간판이 없어진 거라면 깊은 계단을 한 작은 출입구라도 있어야 할 텐데, 그 부근의 어디에도 그것은 존재한 적이 없는 것처럼 묘연했다.

머릿속의 뇌수가 제멋대로 출렁이는 듯 혼란에 사로잡힌 나는 하릴없이 부근을 맴돌다가 철거가 진행 중인 건물의 잔해들 속에 남겨진 기둥에 기대어 섰다.

그때였다. 어디선가 푸드덕, 새가 나는 소리를 들었다. 소리를 좇아 허공으로 시야를 확장한 나는 문득 공중에 매달린 카메라 렌즈로부터 멀리 줌 아웃 되듯이 어둠 속으로 망연히 멀어지는 내 모습을 볼 수 있었다. 다시 셔터 누르는 소리가 울렸다.

_계간《문학과의식》2024년 상반기호

너를 기억한다

광화문역 1번 출구 앞. 지유는 저만치 해원이 보이자, 오른손을 머리 위로 올려 흔들고는 이내 크게 그녀의 이름을 불렀다. 오랜만에 보는 해원이 무척 생경했다. 일월의 어느 오후였다. 두 사람이 만난 곳은 가로수 길이 이어진 광화문 거리였다. 곧 해원 또한 지유를 발견하고는 손을 흔들었다. 두 사람은 북새통인 거리를 걸었다.

지유는 감색 트렌치코트에 워싱 청바지 차림이었다. 해원은 발목까지 오는 롱스커트에 가죽 재킷을 걸치고 목에는 분홍빛 실크 스카프를 두르고 선글라스까지 끼고 있었다. 지유는 해원의 손을 맞잡으며 웃어 보였다. 해원이 여성스러운 분위기를 풍기는 차림을 하는 일은 거의 드물었다. 하긴 언젠가 저런 옷을 입고 있었던 걸 본 듯했다. 누군가의 결혼식장에서

였던가. 지유는 해원이 예전보다 훨씬 산뜻해진 느낌이라고 생각했다.

해원을 얼마 만에 만난 건지 지유는 얼른 기억하지 못했다. 그녀는 해원의 길어진 머리카락을 흘깃 쳐다보았다. 해원의 머리카락 길이만큼이나 시간이 지나갔다고 생각했다. 이미 사계절이 여러 번 돌았고 다시 겨울이 찾아왔다.

오래전, 술을 마시고 밤거리를 비척거렸던 해원의 모습과 지금의 모습은 전혀 딴판이었다. 지유는 머리카락 길이가 아주 짧았던 해원의 모습을 겨우 기억해 냈다.

둘은 걷는 동안 거의 말하지 않았다. 해원이 처음 만나자마자 잘 지냈어? 라는 짧막한 말을 던진 것이 고작이었다. 지유는 반걸음만큼 거리를 두면서 해원과 나란히 걸었다. 걸으면서 그녀는 새삼 해원과의 관계를 추적하는 것이 몹시 어색해졌다.

언젠가 두 사람을 보면서 누군가가 이러한 말을 한 적이 있었다. 지유는 분명 그 말을 기억했으나, 그 말을 누가 했었는지 얼른 떠올리지 못했다.

"두 사람, 친한 거 맞아? 오랫동안 만났다고 말하기에는 너무 서먹한데?"

지유는 그 말에 별다른 반응을 보이지 않았다. 해원과 자신이 다른 지점이 있다는 사실을, 가까이 다가갈수록 해원의 독자적인 빛깔을 수용하기 어렵다고 여겼기 때문이다. 그때부터 지유는 타인의 내면을 이해하는 것과 행동을 이해하는 것은 별개의 문제로 여겼다. 특히 해원의 경우가 그랬다. 상대를 깊이 이해하면서도 그녀의 자장 밖에서 맴돌 수밖에 없는 이유 역시 그녀의 성향을 잘 알고 있기 때문이라고 지유는 여겼다. 만약 전과 똑같은 질문을 받는다면, 지유는 오랜 세월을 지내면서 암묵적으로 서로의 상반된 성격을 인정하게 되었다는 말을 그럴듯하게 대답할 것이다.

목에 두른 스카프를 휘날리며 해원은 나선형의 계단을 내려가 지하 전시회장 입구에서 우선 표를 구매했다. 그리고 매표소에 따로 마련된 팸플릿을 챙기고는 입장권 한 장과 팸플릿 하나를 지유에게 건넸다.

전시실은 알전구들이 고르게 배열되어 있었다. 사방 벽에 노란 스탠드가 촘촘히 세워져 있었다. 스탠드 아래에는 사진이 담긴 직사각형의 액자들이 매달려 있었다. 모두 흑백사진이었다. 지유와 해원 말고 학생들이 전시회를 관람하고 있었다. 그들은 무리를 지어서 움직였다. 앞서거니 뒤서거니 행렬을 잇는 동안 지유와 해원은 그 뒤를 따라 움직였다. 두 사람은 일 미터 정도로 간격을 두고는 말없이 사진을 탐색했다.

지유는 이따금 고개를, 또는 눈을 이리저리 움직이며 사진을 바라봤다. 어쩐지 똑같은 사람들을 반복해서 들여다보는 기분이다. 그녀는 남들이 듣지 못하게, 특히 해원이 듣지 못

할 정도로 나지막이 중얼거렸다.

"비슷한 것 같기도 하고, 아닌 것 같기도 하고. 그렇지. 현상이 본질을 반영하는 것은 아니지."

인물에 초점을 맞춘 사진들은 전반적으로 사실적이면서 정적이었다. 지유는 학생들을 따라 사진을 살피다 때로는 팸플릿을 보면서 전시된 유명 화가와 작가들의 사진에 대한 설명을 건성으로 확인하기도 했다. 그러다 가장 마지막에 전시된 사진을 보고는 걸음을 멈추었다. 지유가 살펴보는 사진에는 담배를 삐딱하게 문 어느 작가의 옆모습이 있었다. 그는 화면 밖을 바라보고 있었다. 지유는 사진과 팸플릿을 번갈아 바라봤다. 동시에 해원이 열렬히 숭배하는 작가라는 점을 상기했다. 특유의 이지적이고 고뇌하는 표정이다. 그가 자동차 사고로 죽었다는 사실에 해원은 애달파했다. 삶에 들이닥친 시련과 불행을 연민하여 삶의 대하에 이를 수 있다던 그의 글을 몇 번이고 읽었다는 해원의 말을 떠올렸다.

"이 작가의 책 때문에 다시 일상으로 되돌아왔겠지."

그렇게 지유는 중얼거리며 자기보다 앞서 사진을 바라보던 해원에게로 눈길을 돌렸다. 해원은 오직 사진에만 집중했다. 단 한 번도 지유에게 눈길을 돌리지 않았다. 지유는 그런 해원을 빤히 쳐다보며 팸플릿을 접었다. 그녀는 이제 사진을 보지 않았다. 전시관 마지막 사진에 이를 때까지 지유는 사진을 조금 바라보다 해원에게 몇 번 눈길을 던졌다. 해원이 먼저 전시관을 나갈 때까지.

전시관을 빠져나온 지유와 해원은 사진 한 장 없는 복도에 서서 말없이 여기저기를 자꾸 휘둘러 살펴보다가 서로 눈이 마주치면 슬쩍 눈길을 돌렸다. 그러다가 지유가 먼저 입을 열었다.

"우리, 어디로 가지?"

지유가 먼저 지상으로 향하는 계단을 올라가고, 그 뒤를 해원이 따라 올라갔다. 여전히 둘은 대화를 주고받지 않았다.

계단을 올라가는 동안 발소리만 들렸다. 전시관을 나와 광화문 거리로 나온 지유는 고개를 움직이며 주변을 둘러봤다.

해원은 가만히 있다가 고개를 끄덕인 후 물었다.

"우리 술 마시러 갈까?"

지유는 뜸을 들였다가 대답했다. 입꼬리를 여전히 씰룩거리는 해원을 바라보며 지유는 그녀 앞으로 조금씩 걸어갔다.

지유와 해원은 대학가의 뒷골목을 한참 돌아다녔다. 그러다 해원이 어느 가게 앞에 멈추고는 지유에게 제안했다.

"여기 어때?"

해원이 찾은 가게는 지하에 있는 록카페였다. 지하로 내려가는 나무 계단에서부터 전자 기타의 요란한 선율이 새어 나왔다. 지유의 대답을 듣기도 전에 해원이 먼저 계단을 따라 내려갔다. 그 모습을 바라보던 지유는 계단을 밟았다가 떼기를 몇 번 반복했다. 그러다 힘없이 난간을 붙잡고는 해원을 따라 카페로 향했다.

록카페는 다섯 평도 채 안 되는 공간이었다. 검은 칠이 된 사방 벽면에 흰 페인트로 고인이 된 음악가들 얼굴을 그려 놓았다. 지유는 록카페의 분위기에 눈썹을 몇 번이고 꿈틀거렸다. 해원이 벽에 붙은 테이블을 제쳐 두고 음반 대 앞에 있는 바에 걸터앉을 때까지도 지유는 해원을 따라 움직이지 않았다. 그녀는 바에 앉은 해원과 그 뒤에서 부산하게 움직이는, 헤드폰을 끼고 있는 남자가 가볍게 이야기를 나누는 모습을 지켜봤다. 남자가 해원에게 말을 걸고는 지유를 향해 눈길을 보냈다.

"늘 혼자 오시더니 오늘은 동행이 있군요?"

해원이 지유를 향해 눈을 돌리고는 오라고 손짓했다.

"내가 사랑하는 친구죠."

지유가 해원 곁에 앉으니, 헤드폰을 낀 남자는 목울대에 드러난 뼈를 손가락으로 만지작거리며 피식 웃었다.

"설마 이상한 관계는 아니겠죠?"

그러고는 그는 대답도 기다리지 않고 두 손가락으로 스틱 두드리는 시늉을 한다. 해원은 남자의 질문에 반응하지 않고 맥주 두 병을 주문했다. 남자가 가져온 병맥주를 지유에게 들이밀었다.

"자, 건배. 정말 오랜만에 너랑 술을 마시네."

"우리가 술로 맺어진 사이지."

"그건 맞아. 술로 맺어진 사이."

해원이 밝게 웃고는 맥주를 곧바로 들이켰다. 그러나 지유는 그러지 않았다. 그녀는 맥주 한 모금만 마시고는 병을 내려놓았다. 그리고 헤드폰을 낀 남자를, 록카페의 실내 장식을 연신 살폈다. 해원은 의자에 깊이 몸을 기대서는 병을 흔들면서 맥주를 마셨으나 지유는 여전히 자세가 꼿꼿했으며, 맥주병을 손에서 놓지 않았다.

지유는 이런 분위기의 카페를 절대로 좋아하지 않았다. 귀청이 떨어질 것 같은 음악에, 바에 앉아서 술을 마시는 것이 그저 짧은 쾌락의 유희 정도로 여겨졌기 때문이다. 무엇보다 자기 파괴적 성향을 조장하는 어두침침한 카페 분위기에 지유는 좀처럼 경계심을 놓을 수가 없었다. 차라리 밝고 투명하며 어떤 상황에서도 파토스적 결말로 이끌 모든 의혹이 발생하지 않는 곳이라면 얼마든지 술을 마셨으리라. 이제 지유는 정념에 사로잡히는 것 자체가 두려움의 대상이 되어 버렸다. 더는 연민이나 고통에 흔들리고 싶지 않았다.

지유는 여전히 허리를 꼿꼿하게 세운 채 술을 마셨으나 해원을 바라볼 때는 미소를 머금었다.

"요즘은 술 안 마시니?"

"마실 기회가 별로 없어. 과거의 인간들은 만나지도 않거든."

해원의 대답에 지유는 조용히 고개만 끄덕였다. 그러면서 해원이 지유를 빤히 쳐다봤다. 그제야 지유처럼 미소를 머금은 해원이 잘 들으라는 듯이 말했다.

"왜 내가 너한테 갑자기 연락했는지 궁금해? ……널 잊어본 적은 없어."

지유는 해원의 말에 눈이 조금 흔들렸다. 그러다 그녀는 해원이 자신을 여전히 바라보고 있다는 사실에 바로 표정을 바꾸었다. 해원이 지유를 만나려 하지 않았던 것은, 결국 자신처럼 어느 시기의 기억을 떠나보내지 못했기 때문이었을 것이라고 지유는 판단했다. 또한 그녀는 어느덧 기억을 희석할 만큼의 시간이 흐른 건지도 모른다고 생각했다.

"지금도 번역은 계속하고 있는 거지?"

해원은 대답 대신 지유에게 되물었다.

"그러는 너는 아직 그 잡지사 다녀? 영화 관련된 일이었지 아마?"

"맞아."

"그럼 나도 맞아. 여전히 번역으로 먹고 살아. 그런데 번역은 하면 할수록 소모적이란 생각이 들어. 쥐꼬리만 한 번역료에 늘 지지부진한 기분만 들고, 어쩜 타성에 빠진 걸지도 몰라."

"아직도 기억나. 네가 깨알 같은 글씨의 원서를 하루 종일 바라보던 모습이."

"잊지 않았구나. 맞아. 너도 늘 활자랑 씨름하느라 정신이 없겠어."

두 사람은 여전히 서로를 이해했다. 다만 일에 지친 것은 모두 마찬가지였다. 지유나 해원 모두 정신의 지표에 커다란 구멍이라도 생긴 것 같았다. 특히 지유는, 스스로 자기만의 공간이 필요했지만, 새로운 돌파구를 찾는 데는 무력해졌다.

무언가를 새로 시작한다는 것도 용기가 필요할 만큼 열정이나 의지가 사라져 버렸다고 스스로 인정할 수밖에 없었다.

"너, 아직도 죽음에 대해 생각하니?"

벽에 그려진 장발의 존 레넌을 쳐다보던 지유가 나지막이 말했다. 해원은 맥주병을 빙빙 돌리다 "죽음?"이라고 되물었다. 그녀는 곧 말꼬리를 올리며 눈을 깜박이며 지유를 쳐다보았다.

그리고 그녀가 답했다.

"한때는 죽음을 동경했었지만, 그것도 부질없는 망상이었단 생각이 들더라. 사실 죽음을 두려워해 본 적은 없어. 언제든 마음만 먹으면 행할 수 있는 그런 것이라 여겨 왔는데, 갑자기 죽음 뒤에 무엇이 남을까 생각해 보게 되었어. 죽음을 택할 만큼 내가 그렇게 대단한 존재도 아닌걸. 그런 생각도 이젠 조심스럽게 들어. 한마디로 주제 파악을 하게 된 거지."

 말끝에 해원은 허탈한 웃음을 지었다.

 지유는 해원의 말을 듣고는 조금은 꼿꼿하게 세웠던 허리를 의자에 기댈 수 있었다. 그녀는 해원이 한고비를 넘긴 것 같다고 여겼다. 술만 마시면 어떻게 돌변할지 몰라 전전긍긍했던 지유는, 해원의 평온을 달가워했다. 그러면서도 왠지 모르게 해원과 공유했던 알짜배기의 무언가가 종적을 감춰버린 것 같아 허전했다. 어이없게도 해원에게 친근했던 죽음의 냄새가 사라진 데에 아쉬움마저 느끼고 말았다. 하지만 해원이 음모했던 알리바이가 실패한 것 또한 지유는 내심 축하하고 싶었다. 그래서 그녀는 술병을 들었고, 해원의 맥주병과 부딪쳤다.

 지유는 술을 조금 마시며 생각을 정리했다. 스스로 만들어낸 모순과 해원에 대한 불손한 생각을. 그리고 말했다.

 "극한으로 자신을 몰아가지 않는 건 심리적으로 안정이 되었다는 증거일 거야."

 "생각해 보면 너한테도 힘한 꼴을 자주 보인 것 같아. 애정결핍자들이 그러잖아. 누군가 달아날까 선수를 치고, 상처받을까 봐 방어하는 거……, 하지만 내가 상처를 받았으면 받았지 다른 사람에게 상처를 주려고 했었던 적은 없어."

 해원의 말을 들은 지유는 여전히 두 사람 사이에 뭔가 풀리지 않은 부분이 있다는 사실을 직감했다. 돌이켜 보면 해원의 인생에서 결정적이었던 순간에 지유는 마치 증인처럼 심판대에 섰던 적이 있었다. 그렇다고 해원을 탓해 본 적은 없다고 자신했던 지유였다. 다만 사랑하던 남자와 헤어져 상처의 칼날에 깊숙이 벤 해원에게 지유 또한 상처를 주는 것이 아닌지 두려워 일방적으로 연락을 끊고 지낸 것은 아닌지 스스로 고민해야 했다.

"얼마 전 크고 작은 지옥을 경험하고 아주 명료해졌어. 헛된 욕심이나 기대를 버리고 마음을 비우면 되는 거였어. 이젠 내가 할 수 있는 일과 내가 할 수 없는 일이 무언지 분간할 수 있을 것 같아. 진정으로 원하는 무언가를 만날 때까지 내 삶의 속도로 기다리는 것만이 관건일 거야."

해원의 말을 듣던 지유의 눈이 다시 흔들렸다. 방금 해원의 말은, 마치 지독한 열병을 치른 뒤에 어떤 열망이나 집착을 내려놓은 듯이 들렸기 때문이다.

해원이 이어 말했다.

"하긴 나이 들어서 좋은 것도 있어. 안개가 걷히고 혼돈이 줄어들더라. 상황이 달라지지 않아도 시야만 확보되면 헤쳐 나갈 힘이 생기더라고. 여기가 어딘지, 내가 왜 여기에 있게 됐는지를 알려 주는 지도 한 장만 있으면 그걸로 족해."

지유가 머뭇거리다 조심히 물었다.

"그럼, 운명을 믿게 되었다는 거니?"

해원은 턱을 괸 채로 잠시 허공 어딘가에 시선을 두었다. 그 모습에 지유는 다소 허둥거리며 말했다.

"그런 일 있잖아. 지금까지 깊이 생각한 적 없었던 일이 큰 힘을 가지고 다가오는 것 같은 것 말이야."

"그렇지. 인생은 예상치도 않은 어렵고 난해한 문제를 불쑥불쑥 출제하는 것 같아. 이래서 삶은 시험의 연속이라고 하나 봐. 결국 인생은 그렇게 수레바퀴가 도는 거 아니겠니?"

한동안 지유와 해원은 아무 말 없이 두 번째 병맥주를 마셨다. 그동안 지유는 방금 해원이 한 말을 곱씹어 보았다. 어쩌면, 지유처럼 해원도, 소리조차 제대로 낼 수 없는 고통과 슬픔이 있었다. 깊은 어둠 속 온갖 불화에 마음 묶이고 발목 잡혀서 큰 소리조차 내지 못하는 절절함이 있었다. 진작 그 절절함을 알았다면 절반의 고통은 해결되었을 것이다.

시끄러운 전자 기타의 음이 사라지고 그보다 훨씬 칙칙한 선율이 록카페에 맴돌았다. 해원이 다시 미소를 머금고는 지유에게 물었다.

"나 춤출까?"

"네 마음대로."

해원은 테이블 사이로 나가더니 두 팔을 번쩍 들어 손가락을 허공으로 뻗는 자세를 취했다. 선율이 점차 고조되자, 그녀는 양팔과 허리를 대칭으로 흔들면서 연체동물처럼 몸에서 모든 힘을 뺀 듯한 유연한 춤을 추고 있었다. 지유는 그 모습에 여리면서 섬세한 피막이 느껴지는 춤이라고 생각했다. 해원이 안에서 바깥으로 확장되는 동작을 할 때마다, 마치 내부의 에너지가 작은 파편들로 분산되는 것처럼 보였기 때문이다.

반대편 바 쪽에서 남자들이 춤을 추고 있는 해원을 홀린 듯 쳐다보고 있는 동안, 지유의 눈빛이 가라앉았다. 어쩐지 해원이 한없이 안쓰럽게 여겨져 불현듯 껴안아 주고 싶다는 생각마저 들었다. 혹시 해원이 허허롭게 날고 싶은 건지도 모른다는 의구심도 들었다. 지금까지 한사코 그녀를 지켜보기만 했다는 자책에 지유는 동요했다. 그 생각은 아침부터 줄곧 그녀의 뇌리에 박혀 있었던 생각이기도 했다.

음악이 끝나자, 해원은 자리로 돌아와 맥주를 들이켰다. 헤드폰을 낀 남자는 두 손을 들어 소리 나게 손뼉을 쳤다.

"멋진 춤이로군요. 어디서 배웠죠?"

해원은 다시 맥주병을 들고는 대꾸했다.

"그냥 마음이 이끄는 대로 추는 춤이죠."

"꼭 행위로 자신을 표출하는 마임 같군요."

"외로움과 상처의 몸짓이죠."

지유는 혼자만 들릴 정도로, 가장 가까이 있는 해원조차 들리지 않을 정도로 작게 말했다. 어쩌면 남자의 말처럼 해원의 춤은 마임일 수도 있겠다고 여기면서 말이다. 지유는 지금까지 해원이 그런 춤을 춘 적이 있었는지 기억을 더듬어 보았으나 한 번도 본 적이 없었다.

"하여튼 뭔가 색다른 춤이로군요."

남자는 계속 해원의 춤에 대해 떠들어 댔다.

"혹시 타조가 구애하는 춤을 본 적 있어요? 가는 목을 흐느적거리며 양 날개를 퍼덕거리며 짝을 구할 때 추는 춤 말이죠."

"타조에 비유하다니 그럴싸하네요. 구애하는 타조 춤을 추는 여자, 이젠 됐나요?"

해원의 목소리에는 짜증이 가득했다. 그녀는 테이블에 맥주병을 탁, 소리 나게 내려 놓고는 화장실로 가 버렸다.

그녀가 화장실에 간 사이, 남자가 지유에게 고개를 돌리고는 이상한 웃음을 지었다. 그 모습에 지유가 다소 날카로운 목소리로 물었다.

"비유가 너무 지나치다고 생각지 않나요?"

"농담을 했을 뿐인데, 기분 나빴나 보죠?"

남자는 여전히 웃으며 눈을 굴렸다. 그런 남자를 보면서 지유가 입을 열려다가 이내 멈추었다. 그녀는 나지막이 한숨을 내뱉을 뿐이었다. 더 이상 남자를 힐난하지는 않았다.

남자가 다시 떠들었다.

"묘한 느낌이 들게 하는 여자분이죠. 늘 같은 자리에 앉아서 혼자 맥주 한 병을 마시다 돌아가곤 했어요. 가끔 외롭게 보였어요. 오늘처럼 얘기한 적도 없었고, 게다가 춤을 춘 적도 없었죠. 언젠가 몹시 취한 거 같아서 부축하려고 하니까, 필요 없다며 거칠게 손을 뿌리치더니 나가 버렸어요. 사실은 아까 홀로 나가서 춤을 추는 걸 보고 좀 당황했어요."
"저 친구가 여길 자주 왔었나요?"
지유의 물음에 남자는 눈꼬리를 치켜세우고는 손가락을 천천히 움직였다.
"한 달에 한 번, 아니 두 달에 한 번쯤 들렀을 거예요. 친구분과는 오랜만에 만났나 보죠?"
지유는 대답 대신 고개만 끄덕였다. 가끔 외롭게 보였다는 남자의 말에 지유는 집중할 뿐이었다.
그녀는 언젠가 영화에서 본 춤추던 남자의 얼굴을 떠올렸다. 사랑하는 아내가 유서를 남기고 강물에 훌쩍 몸을 던져 버리고, 남자는 아내와 즐겨 듣던 음악에 맞춰 기괴한 동작의 춤을 추는 장면이었다. 마지막 장면에서 그는 급기야 두 팔과 다리를 들어 올려 겅중겅중 뛰었다. 지유는 거역할 수 없는 운명에 휘말린 남자의 모습에서, 그의 춤에서 꽉 찬 외로움을 느꼈었다. 모든 걸 놓아 버린 듯했던 남자의 표정은 왠지 해원과 닮은 구석이 있다고 생각했었다.

다시 돌아온 해원은 얼굴에 물기가 어렸다. 머리카락 끝도 젖어 있었다. 해원은 티슈로 남은 물기를 찍어 없앴다. 지유는 그런 그녀에게 조심스레 말을 건넸다.
"괜찮니?"
해원은 고개를 몇 차례 흔들었다. 대답은 없었다.

*

지유는 해원의 소식을 전해 들은 적이 있었다. 그녀가 듣기로는 해원은 남자친구와 만난 지 삼 개월 만에 동거했고, 일 년 만에 헤어졌다. 해원의 남자친구는 순수하고 말수가 적었으나, 해원에 대한 집착이 강했다고 들었다. 지유는 해원의 동거 소식에 의혹을 품으면서도 그녀를 축복해 주었다.

지유와 해원 모두 대학원에 진학하였던 시기였다. 둘은 한 달에 한두 번씩은 만나서 술자리를 가졌었다. 지유는 해원과의 관계에 대해, 마치 동맹관계를 맺은 피지배국 시민들과 같다고 여겼다. 그러다 해원이 가느다란 밧줄 하나에 의지하며 두 팔을 휘젓는 곡예사 같은 위태로운 줄타기를 끊임없이 시도했었다. 그럼에도 해원의 얼굴은 평소와 다르지 않았다.

지유는 해원의 어떠한 행동에도 그저 지켜만 보았다. 하지만 지유는 묵묵히 해원을 지켜본 것이 아니다. 해원에 대한 무력감이 저도 모르게 싹트고 있었다. 또한 지유는 해원을 통해 처음 깨닫게 된 것이 있다. 고통에 대한 연민은 그 자체로 고통이라는 사실을 말이다.

지유는 왜 해원의 남자친구가 해원에게 집착했는지 알 것 같았다. 지극히 개인적인 생각이지만, 지옥 끝까지라도 갈 것처럼 도발적인 해원을 보면서 그녀의 남자친구는 세상 질서와 타협할 줄 모르는 순수한 무언가를 느꼈을 것이다. 선천적이기도 한 것 같은, 그 날것의 야생성에 분명 남자가 사로잡혔을 것이라고 지유는 직감했다.

지유는 해원에게 일시적으로 관심을 보이던 여러 남자가 있었으나 당시 만났던 남자친구처럼 그녀를 포용해 준 이가 없다는 사실도 알았다. 또한 해원과 만나는 동안 단 한 번도 해원을 종용하거나 설득한 적이 없다는 말도 들었다. 지유는 해원이 전적으로 그의 남자친구에게 의지하는 모습을 지켜봤다. 그의 조용한 인내와 따뜻한 눈길에 해원의 마음이 사로잡혔다.

해원의 남자친구는 저 깊숙한 곳에서 잃어버린 해원의 목소리를 터져 나오게 했다. 그녀가 술에 만취해 있을 때도 그녀의 남자친구는 묵묵히 참아 내며 해원의 말에 귀를 기울였다. 이해되지 않는 행동들을 이해하려고 애썼다. 그는 해원의 불안과 혼돈이 그녀 속에 내재된 울음이라는 것을 알아봐 준 남자였다.

지유는 가끔 전화로만 해원의 안부를 들을 수 있었다. 그즈음 해원은 두문불출하며 지냈다. 예정대로 논문을 착실하게 준비했고, 틈틈이 번역 아르바이트를 한다고 했다. 또한 해원이 그녀의 남자친구를 위해서 저녁 식사를 준비하거나 집안 살림도 한다는 소식도 들었다. 지유는 이제 외부와의 연락을 끊고 오직 그와의 생활에 몰입하고 있다는 해원의 말이 생소했지만 묵묵히 듣기만 했다. 그녀의 말에 지유는 어느 순간 그렇게 돌변할 수 있다는 것을 몰랐듯. 미심쩍던 의혹을 버리고 어쩌면 본래의 그녀 모습을 되찾은 건지도 모른다는 생각을 품게 됐다.

지유는 비탈에 지어진, 오래된 다세대 주택에 사는 해원이 집에 간 적이 있었다. 아무리 벨을 눌러도 안에서는 응답이 없었다. 지유는 결국 주인집에 부탁해 이층 해원의 방에 들어갈 수 있었다. 방에 들어가자마자 일회용 종이컵, 커피포트, 다리미, 전기요 따위가 마루에 어지럽게 나와 있는 것이 한 눈에 들어왔다. 식기나 주방 기구도 며칠 동안 방치되어 있었다.

지유는 한참 그 모습을 지켜보다 닫혀 있는 방문을 두드렸다. 안에서는 대꾸가 없었다. 지유가 한참을 거실에 우두커니 서 있을 때, 해원이 흐트러진 옷매무새를 가리지 않고 방

문을 열었다. 지유는 안도와 동시에 거기서 묻어 나오는 부차적인 감정 사이에서 잠시 혼란을 느꼈다. 해원은 핏발이 선 눈으로 자기 앞에 서 있는 지유를 노려보았다.

해원은 방치된 식기들 사이에서 소주를 꺼냈다. 그녀는 술잔을 들며 손을 덜덜 떨었다. 지유가 해원이 든 병을 뺏으려고 하자 해원은 더 살기등등한 얼굴로 지유를 쏘아붙였다. 결국 지유는 해원을 지켜볼 뿐이었다. 소주 한 병을 다 비울 동안 해원은 계속 손을 떨었다. 그러다 눈에 눈물이 맺혔다. 그녀는 계속해서 술잔을 입에 가져갔다. 술을 입에 털어 넣으면 곧장 다시 잔을 채웠다. 해원은 지유의 눈을 쳐다보지 않았다. 거의 뇌까리듯 말을 이어갔다.

"매일 나를 구속하고 있는 무언가에 짓눌려서 숨이 막힐 것만 같았어. 그래서 친구들을 불러내 술을 마시게 되었어. 그런 낌새를 느끼자, 그 사람이 날 몰아세우기 시작했어. 내가 마신 술이 날 파멸시키기라도 할 것처럼 창고에서 망치를 들고 와선 집 안에 있는 술병들을 모조리 가루로 부수어 버리는 거야. 그러면서 뭐라는 줄 아니? 또다시 술을 마시면 정신병원에 처넣겠대. 그동안 내 일기장을 몰래 훔쳐보는 줄은 몰랐어. 나에 대한 모든 걸 속속들이 알고 있었던 거야!"

지유는 아무 말도 하지 못했다. 해원은 눈물 맺힌 자기 눈을 연신 닦아 냈다. 손길이 거칠게 오갈수록 눈이 붉게 변했다.

"그래. 그 사람 잘못만도 아니었어."

해원은 계속해서 말했다. 자신이 의지했던 그의 관용과 인내가 점점 의심의 눈길로 기울었다고, 그리고 번역 아르바이트도 하지 못한 채 자신을 이 방에 갇히게 했으며, 만약 음주를 계속한다면 자신이 아끼는 책을 모두 불살라 버리겠다고 위협했다고 말이다.

지유는 묵묵히 듣기만 했다. 해원은 말하는 동안에도 모든 잘못이, 그의 삐뚤어진 행동이 자기 탓이라는 말만 내뱉었다. 그가 자신을 스스로 학대하는 것도, 집기들을 던지고 폭행하는 것도, 전적으로 그녀 자신 때문이라고 말했었다. 그래서 해원은 그 사람이 시키는 대로 몇 달간 아침부터 밤늦도록 그가 돌아오기만을 기다리며 집에만 틀어박혀 지냈고, 그는 수시로 전화를 걸어 그녀가 집에 있는 것을 확인했다고 덧붙였다. 지유는 다시 해원의 눈에 눈물이 그렁해지는 것을 지켜보기만 했다.

얼마 지나지 않아, 해원과 남자친구의 동거가 끝났다는 소식을 듣게 되었다.

*

록카페에서 나온 둘은 오랫동안 길을 걸었다. 해원은 줄곧 지유의 어깨에 손을 올려놓았다. 지유는 자기 어깨에 올라온 해원의 손길을 이따금 힐끗거렸다. 지유는 가끔 해원과 나란히 걷다 보면 그녀가 남자처럼 여겨질 때가 있었다. 두 손을 주머니에 찔러 넣고 앞장서 걷는 해원의 걸음걸이를 보면 중성적인 느낌이 물씬 풍긴다고 여긴 적도 있었다. 언젠가는 해원이 자기 어깨에 손을 올리고는 보듬듯 안을 때면, 그녀에게 혹여 동성애적 성향이 잠재된 것은 아닌지 의구심을 가지기도 했다. 그러나 지유는 그런 생각을 금방 지웠다. 다른 여자에게는 그럴 가능성이 있으나, 해원에게는 더 다른 면모가 엿보였기 때문이다.

지유는 쑥대강이처럼 짧게 자른 머리 모양에 남성 정장을 입고 머플러에 넥타이까지 한 해원을 본 적이 있었다. 그 모습에 지유는 남장 여인을 보는 느낌을 받았다. 얼굴에 흰 분칠을 하고 다리가 드러나는 짧은 치마를 입고 무대에 오른 여장 가수처럼 섬뜩한 기분마저 들기도 했었다. 나중에 지유는 해원에게 왜 그런 스타일로 옷을 입었는지 물었다.

"그냥 남자로 사는 게 어떤 건지 알고 싶어서."

해원의 답변에 지유는 웃기만 했다. 다만 지유는 해원의 일탈 욕구가 다소 억지스러워 보였다. 어쩌면 남자에게 느꼈던 억압된 감정이 여자로서의 정체성조차 거부하는 것 같아 불안감이 일었는지 모른다고 짐짓 예상하기도 했다.

지유와 해원은 밤색 대문 옆 낮은 담벼락 붉은 벽돌집 앞에

섰다. 지유는 그 집이 해원이 십 년 넘게 자취했던 집이라는 사실을 상기했다.

"이 집은 달라진 게 없네."

둘은 방에 들어갔다. 해원이 불을 켜는 순간, 벽지 색깔은 물론 가구 배치까지 모든 게 바뀌었다는 사실을 지유는 알아챘다. 지유는 분위기가 바뀐 모습에 그저 거실에 서 있기만 했다. 해원은 그런 지유에게 직접 방을 손보느라 한 달간 고생했다고 웃으며 말했다. 지유는 대꾸하지 않았다.

"벽지랑 문짝을 전부터 초록색으로 꾸미고 싶었어. 조금 튀어 보이긴 하지만, 그런대로 기분 전환이 되더라. 어때?"

"글쎄. 좀 현란하다고 할까?"

"좋은 게 좋지. 그리고 네가 오랜만에 집에 오니까 좋아!"

해원이 활짝 웃었다. 지유는 그녀의 웃음이 카페에 있을 때와 전혀 다르다는 걸 알았다. 그 웃음은 분명 진심이라고 그녀는 생각했다. 동시에, 어쩌면 해원이 여전히 치유되지 않은 상처 때문에 교차된 감정의 상승과 하락을 겪고 있는지도 모른다고 여겼다.

벽면에는 이색적인 그림들이 가득 메워져 있었다. 해원이 방으로 간 사이 지유는 그림들을 살폈다. 다시 돌아온 해원은 품이 넓은 옥색 개량 한복으로 갈아입은 뒤였다. 어깨뼈가 움푹 파인 그녀의 등에는 살이 전혀 보이지 않았다. 긴 머리카락을 틀어 올린 해원의 모습에 지유는 눈만 깜빡였다. 해원이 지유를 빤히 쳐다보았으나 지유는 이내 고개를 돌렸다. 지유는 책상에 놓인 원서들을 뒤적이며 물었다.

"일은 언제 하니?"

"주로 밤부터 작업을 시작하면 새벽까지 일하곤 해. 급하게 아닌지 출판사에서도 서두르지 않고, 나도 별로 열심히 하진 않아."

"그래도 번역했던 책이 출판됐잖아. 일은 계속 들어오지?"

지유는 그렇게 물으면서 그녀의 지적 욕망을 채워 줄 방법이 있다는 사실에 다행이라고 판단했다. 물론 몇 년 동안 해 온 일 때문에 해원이 진이 빠졌다고 여겼다.

"요즘 낮엔 그림을 그려. 아직은 초보적인 데생 수준이지만."

해원의 말에 지유는 다시 쌓여 있는 원서를 살폈다. 층층이 괸 벽돌들 위에 잡지들은 중고 외국 미술 잡지들이었다. 그중 회화 기법에 관한 일본 원서들도 있었다. 이어 지유는 벽면을 메운 그림을 바라봤다.

"저녁밥 준비할게! 편히 앉아서 TV 보고 있어."

해원이 활기찬 목소리로 주방으로 향하는 동안 지유는 거실에 조용히 자리를 잡았다. 지유는 그녀의 배려가 자신을 옴짝 못 하게 만든다고 여겼으나 잠자코 받아들이기로 했다. 또 떠올리고 싶지 않은 기억들이 자신을 힘겹게 하는 것인지 모른다는 생각이 들었다. 지금 이 집은 여전히 그 시절 충격이 남아 있으니, 혜원에겐 잊을 수 없는 사연과 상처를 안겨 준 시간의 움집 같은 곳이라고 지유는 생각했다.

한참 뒤에, 해원은 한 상 가득 차린 밥상을 지유 앞에 내려놓았다. 그녀는 가쁘게 숨을 몰아쉬었다.

"오랜만에 음식을 만들어 봤는데, 그사이 요리를 안 해서 맛이 어떨지 모르겠다."

지유는 젓가락을 든 채 해원이 차린 음식을 하나씩 집어 먹었다. 입을 계속 우물거렸으나 쉽게 음식이 목으로 넘어가지 않았다. 지유는 무언가 목에 걸린 것 같다는 느낌을 지울 수 없었다. 그것은 해원에게 진 부채와 같았다.

지유는 식사하는 동안 계속해서 상체를 이리저리 움직였다. 가슴이 뻐근해 오는 통증이 느껴지는 듯했다. 지유는 해원 또한 몇 년간 홀로 모래알 같은 밥알을 씹었을 것이라고 예상했다. 혼자 산다는 것은 그리 불행한 일이 아니나, 아무도 없는 식탁에서 쓸쓸히 밥을 먹는 일은 때로 지독한 자기 연민에 빠져들게 만든다고 지유는 믿었다.

'주님, 저희에게 필요한 양식만큼 일용할 외로움을 주시는군요.'

지유는 오랜만에 해원과 식사하는 동안, 죽음에 대한 동경만큼 그녀와 공유해 왔던 게 또 있었다는 걸 새삼 알게 되었다.

언젠가 지유가 식음을 전폐하고 있을 때, 해원이 집으로 찾아와 손수 밥을 지어 준 기억이 있다. 지유가 보기에 해원은 상대방의 내면을 정확히 꿰뚫는 신통한 능력이 있었다. 그 때문에 지유가 예상도 못 한 순간에 귀신처럼 해원이 나타나곤 했다. 이 기억이 또렷한 이유는, 그즈음 지유는 사랑하는 사람과 헤어지고 난 뒤 이별의 각별한 선물을 받고 있었기 때문이다.

"살다 보면 누군가를 이해하는 데 실패할 때가 많아. 간혹 염오할 때도 있지만 사랑하는 마음만큼은 희미하게 남아 있는 거잖아. 인간에 대한 어렴풋한 애정이 너를 지탱해 줄 거야."

그때 해원은 위로해 주었지만, 이별의 고통을 감내하는 지유에게 해원의 말이 들어올 리 없었다.

지유는 사랑하는 사람과 이별한 뒤에, 어쩌면 그리움이 남지 않은 이별과 가난한 추억들을 되새김하던 것은 허튼 엄살이었을지 모른다고 생각했다. 이루지 못한 사랑, 상처받은 사랑을 했다는 것이 인류의 멸종을 초래할 만큼의 엄청난 사건이라도 되는지 스스로 반문했다. 거창하게 들먹일 인류애나 지상의 포부가 아니더라도 세상엔 관심을 기울여야 할 것들이 쌔고 쌨다고 그녀는 생각했다. 그렇게 생각하니, 지유는 다신 사랑 따윈 못 할 것 같다고, 자신을 갉아먹는 짓 따위는 어리석을 뿐이라고 굳게 믿게 되었다. 절망을 담보로 외로운 담판은 하지 않겠다고 각오했다. 그렇게 지유는 지난날의 선택을 끊임없이 돌아보며 의심하고, 이 순간을 지내야만 그 다음이 펼쳐질 것이라고 여겼다.

밤이 점점 깊어졌다. 지유는 시간을 확인하지 않았다. 뭔가를 묻지도 않고 고개를 끄덕이지도 않았다. 그냥 거기에 있었다. 두 사람은 조금 가깝게 앉았다. 다만 저녁상을 물리지 않고 해원과 무릎을 마주 세운 채 캔맥주를 마셨다. 해원은 LP를 수시로 바꾸며 음악을 들었다. 지유는 여전히 LP 감성을 고수하는 해원의 모습을 지켜보면서, 그녀의 취향이 고전적이면서 동시에 고혹적이고, 애수 어린 분위기를 잘 자아낸다고 생각했다.

"이 옷, 일흔이 넘은 수녀님이 지어 준 거야. 수도복과 비슷한 옥색이 꽤 잘 어울린다고······."

해원은 선 채로 음반을 고르며 말했다. 지유가 그녀를 물끄러미 올려다보았다. 오래전부터 개량 한복을 즐겨 입은 듯 익숙하다고 지유는 느꼈다.

"한동안 수녀원에서 운영하는 피정의 집에서 지냈거든. 수도원에 들어온 사람처럼 몇 개월 지내다 보니 그곳처럼 편한 곳도 없더라. 아침 일찍 일어나 산책하고 소일거리를 하다

보면 하루가 금세 가. 난생처음으로 행복하고 편한 시간이었어."

지유는 해원이 그곳에서 지냈다는 모습을 상상했다. 그러는 동안 자신은 무엇을 했는지 기억을 되새겼다. 아마 번화가를 헤매며 카페나 술집을 기웃거렸을 것이고, 그저 보잘것없는 삶에 무한한 역할만 늘려 가며 꾸역꾸역 살았을 것이라고 스스로 판단했다. 자신이 그러고 있던 사이 해원은 허물 하나를 벗었겠구나, 하는 생각이 들어 지유는 자책했다.

"새벽 미사를 보고 경당에서 성체조배를 하는데, 참을 수 없이 계속 눈물이 쏟아지는 거야. 고통의 싸움터가 바로 내 마음인데 나는 그 마음을 잘 해독하지 못하고 늘 괴로워했던 것 같아. 내겐 마음이 늘 화두였어."

해원은 담담히 그 말을 하고는 음반 하나를 골라 턴테이블에 올려놓았다. 바늘이 레코드판을 긁으며 내는 소리가 공명음처럼 울리는 곡이었다. 격정을 잠재우는 애잔한 소리였다. 해원이 선곡한 음악에 지유는 다시 슬픈 감정을 가지는 듯했다.

지유는 해원을 물끄러미 바라봤다. 그와 헤어지고 난 뒤 회복기 환자처럼 핏기마저 사라진 해원의 모습이 기억났다. 해원의 팔뚝에 남아 있는 또렷한 상처 자국이 보였다. 그것은 죽음 직전까지 몰아갔던 그녀가 내세운 광기, 그 광기의 유일

너를 기억한다

한 표식이라는 것을 지유는 알고 있었다.

또 해원이 지난날을 끊임없이 돌아보며 생사의 갈림길에 서서 수없이 애쓰기도 했다는 사실도, 지금도 그 후유증이 지속되고 있는지도 모른다고 그녀는 어렴풋이 예상할 뿐이었다.

"봄이 되어 파릇파릇 돋아나는 잎은 조급해 하지 않아. 빠르게 자라든 느리게 자라든 저마다 그 속도를 지키는 것 같아. 자연은 그렇게 오류가 없는데 인간은 그 악업을 풀기 위해 삶을 살아 내고, 견뎌 내야 하는 것 같아. 어쩌면 내게 허락된 그 통과 의식은 오래된 미래 같아. 그 오래된 기억들이 나를 살게 하고 미래를 찾아 준 것 같아."

해원의 낮은 목소리는 그녀가 얼마나 치열하게 자신과 마주하고 있는지 보여 주었다.

지유는 시간은 흘러가는 게 아니라 이렇게 자꾸 오는 그것이라는 말을 떠올릴 때마다 추억을 통해 인생은 천천히 지나간다는 말도 함께 떠오른다. 불경한 꽃말이 없듯이 추악한 추억도 없는 것이다. 그토록 견딜 수 없던 시간도 지나고 나면 다시 그리워지니 시간이란 얼마나 많은 어제를 집어삼킨 구멍인가 생각했다.

지유는 오랜 침묵 끝에 말하기 시작한 사람처럼 중얼거렸다. "이 얼마나 수고로운 인생인가?"

굿문, 시인의 까망 이슬

몸이 조금씩 흔들리고 있다.

시인을 에워싼 을반 사람들의 신경은 온통 그의 흔들림에 쏠려 있다. 다행히 애꾸 소장은 그런 시인의 동태를 눈치채지 못했는지, 아니면 알면서도 모른 척하는 것인지, 별다른 조짐이 없어 보인다. 그는 단지 며칠 전의 낙반 사고 때문에 신경이 잔뜩 곤두선 데다 그 사고의 책임이 광부들에게 있기라도 한 양 며칠째 하나뿐인 눈을 번득이며 성깔을 부렸다.

광산 사고는 봄이 되면서부터 유독 잦은 편이지만 워낙 영세한 쫄딱구덩이라 크고 작은 사고가 끊이질 않았다.

"갱내 생활에 있어서 가장 중요한 것은 안전이다. 그것밖에 없다고 해도 좋다. 안전수칙 첫째, 출입자는 안전모와 안전등을 반드시 착용한다. 안전수칙 둘째, 음주 입갱은 절대

금한다. 안전수칙 셋째, 출입이 금지된 장소에는 절대 들어가지 않는다."

소장은 '절대'라는 말을 몇 번 더 하면서 다른 날보다 말이 길어졌다. 그런 소장의 말을 그저 모두가 건성으로 듣고 서 있을 뿐이다. 시인만이 몸을 흔들며 술 때문인지, 속삭이듯 웅얼거렸다.

"병신 새끼, 자기도 눈깔 하나 광산 발파 사고 때 잃어 놓고는……. 안전모와 안전등 착용해도 잘만 죽더라……. 밀밭 근처에 얼씬 안 해도 잘만 뒈지더라. 제기랄 젠장……. 금지된 장소에 들어가지 않아도……. 뭐가 그리 급한지……. 염라대왕 사돈이라도 맺으려는지 잘만 가더라. 지랄 같은 세상……."

시인의 웅얼거림이 을반 사람들의 가슴마다 아리아리 박혀와 모두 조심스럽게 침을 삼키는데도 꿀꺽 소리가 났.

며칠 전 낙반 사고 때 죽은 엄영태 때문에 그날 밤새껏 술을 퍼먹고 울부짖던 시인은 일주일이 지나서야, 그나마도 술을 마시고 건들거리며 현장에 출근한 것이다. 시인에게 있어서 지난 일주일은 저 어두운 막장보다도 더 어둡기만 했다.

막장 인생인 그가 시인으로 불리기 전에는 주태백으로 불렸다.

어느 날, 주태백이 습관대로 술을 먹고 현장에 나왔다가 소장에게 걸려 입갱을 못 하게 되었다.

딱 소주 석 잔 마시고 왔노라고, 사정하는 그의 말을 묵살하고 입갱 거절을 명령하는 소장 앞에서 그는 할 수 없다는 듯, 뒤돌아서서 돌아가며 술 마신 벌건 얼굴로 한 손을 번쩍 치켜들고 소리쳤다.

"자, 고로 시인은 석양을 등지고 떠나갑니다!"

"시인? 시인은 석양을 등지고 떠난다고? 똥을 싸 뭉개고 앉아 있네. 어디 한번 떠나봐라!"

애꾸 소장의 말에 현장은 삽시간에 와그르르 웃음바다가 되었다. 어이없다는 듯이 모두가 웃을 때 영태는 자못 진지했다.

"시인이라는 말이 왠지 형하고 잘 어울리는데요?"

그가 시를 쓰는 것도 아니고 뭐 제대로 암송하는 시 한 구절 변변히 있는 것도 아니었지만, 그 후로 주태백이 대신 시인으로 불렸다.

시인은 감독의 눈길을 아랑곳하지 않고 을반 광부들 사이에 섞여 굿문 입구로 향했다. 감독도 말릴까 어쩔까, 망설이다 그냥 두기로 마음을 굳혔다. 시인은 그전에도 종종 음주 입갱을 했었기 때문에 별반 새로운 사실은 아니었다.

커다랗고 시커멓게 아가리를 벌리고 있는 굿문 입구는 그

속이 보이지 않아서 더욱 죽음과 가깝게 느껴졌다. 광차를 밀고 들어가며 시인은 윙 하는 귀울음 소리를 들었다. 처음엔 그저 귀가 먹먹한 정도였으나, 이젠 이명증에 시달리면서 귀가 점차 안 들렸다. 귀가 그렇게 된 것은 순전히 그놈의 착암기 때문이었다.

시인이 하는 일은 발파를 위해 착암기로 암석에 천공을 내는 일이었다.

착암기의 타타 타, 타타 타 하는 연속적인 파열음에 시달리던 시인의 달팽이관은 서서히 기능을 상실해 가더니, 이젠 속삭이는 듯한 소리는 들을 수가 없다. 누구든 그의 앞에선 항상 소리를 질러야 했다. 시인은 귀울음 때문에 두어 번 고개를 흔들어 보다가 뒤를 돌아보았다. 고개 뒤로 조각난 파란 보자기처럼 하늘이 보이더니, 그 보자기만 한 하늘은 이내 손수건만 해지며 곧 사라지고 어둠 속으로 들어왔다.

캡프 불빛이 좀 더 밝게 느껴지며 이쪽저쪽 비출 뿐이었다.

시인은 광차를 밀면서 어둠과 탄 먼지와 화약 연기를 가르고 격전지를 향해 진군하는 병사처럼 긴장하며 막장을 향했다. 매일 들어가는 굴인데도 언제나 처음 출근하는 사람처럼 긴장이 되면서 떨려와 술에 취하기는커녕 술이 깨고 있었다.

광차를 미는 시인의 눈앞에 일정한 간격과 모양으로 세워진 동바리가 쫓아왔다가 달아난다. 참나무 동발이 썩어서 곰

팡이와 이끼, 표고버섯이 주렁주렁 달린 것도 있고, 어떤 곳은 암석에 물이 스며 돌이 딱 벌어져 곧 떨어질 것처럼 입을 벌리고 있다. 그런 것들은 십여 년간 무심히 보아 온 것들인데도 새삼스러웠다.

시인은 지난 일주일 동안 제대로 밥을 못 먹었을뿐더러 잠 또한 설쳤다. 설핏 잠이 드는가 싶으면 가위눌려 소리치며 흠뻑 젖어 깨어나곤 했다. 그 뒤론 오한이 밀려와 그것을 떨쳐 내려고 또 술을 마셨다.

가위눌릴 때마다 집채만 한 시커먼 바위가 그를 내리찍었다. 바위 아래서 벗어나려고 버둥거리다가, 마른오징어처럼 납작해져서야 간신히 벗어나곤 했다. 아니면 자기 입술만이 붕 떠 천장으로 가 털썩 붙는다. 그 입술은 사정없이 커지고 부풀어지면서 급강하하며 시인을 내리 덮친다. 거대한 입술은 시인을 덮치곤 좀체 벌어지질 않는다.

딱 다물어진 조개처럼 숨이 막혀 괴로워하다가 보면 또 등이 흥건히 젖어 있다. 그러면 또 술……

시인과 동거를 하던 여자가 임신 사 개월째 접어드는 애를 긁어내고 도회로 달아나 버렸을 때도, 아버지가 간암으로 고통스러워하다 고통에 못 이겨서 칼로 목과 배에 자해하여 자살했을 때도, 시인은 그냥 소주를 마시고 일을 했었다.

그러나 영태의 죽음은 달랐다. 시인은 이제 다시는 막장에 들어설 수 없을 것 같았다. 견디다 못한 시인은 광산을 떠나리라 마음을 먹고 기차역으로 달려가기를 여러 차례 했다.

역 광장에 시커먼 탄가루가 바람이 불 때마다 이리저리 엉켜서 몰려다니는 것을 보며 사북이라고 쓰인 글자를 생경한 듯 한참을 마주 보다가 다시 돌아오고 말았다.

영태가 아직도 그 막장 속 어딘가에 숨어 있을 것만 같았다. 어릴 때같이 '꼭꼭 숨어라, 머리카락 보인다' 하면서. 자꾸 빨리 찾으라는 영태의 목소리가 들렸다. '그렇지 않으면 형은 영원히 술래를 해야 해. 형이 술래를 하는 한, 나는 이 어둠을 벗어날 수가 없어……' 하는 소리였다. 시인이 이곳을 떠나 버리면 영태는 막장에서 영원히 갇혀 지내야 할 것 같았다.

스무 살 때부터 시작한 막장 생활……. 후산부, 선산부, 다시 굴진공으로. 그러는 동안 많은 사람이 다쳐 나갔고 혹은 죽어서도 떠나갔다.

그런 죽음을 통해 삶과 죽음은 앞모습과 뒷모습, 실체와 그림자처럼 아주 딱 붙어 다닌다는 것을 알았다. 단지 뒷모습은 앞모습을 볼 수 없고, 그림자는 실체를 볼 수 없으며, 죽음은 삶을 볼 수 없다는 차이뿐이었다. 언젠가는 자신도 그들처럼 저 시커먼 막장에서 죽으리라는 막연한 생각을 했었다. 누구나 죽는 것이라고 여겼었다. 그러나 영태는 죽어서는 안 되었다. 왜냐하면 영태는 시인의 동생이기 때문이었다.

영태는 생산 계약직 생활이 싫다며 서울 바닥에서 이리 치이고 저리 치이며, 어찌어찌하여 사 년제 대학에 들어가더니 그것도 두 학기 다니고 휴학을 해 버렸다.
 시인도 영태가 대학에 들어간 것이 가슴이 찡하도록 자랑스러웠다. 시인은 비록 중학교 교복도 먼빛으로 바라본 것이 고작이었지만, 영태는 피나는 몸부림으로 신분 상승하고 성공했다고 여겼다. 그러나 영태에게 대학 등록금은 아무리 서울서 지랄 발광을 해 보아도 어떻게 할 수 없었던 모양이었다.
 산지사방이 일터인데 그리도 할 일 없어 탄광에 왔나, 하는 광부 아리랑 노랫말처럼 말이다.
 보수가 세다는 말만으로 영태는 시인이 일하는 쫄딱구덩이로 달려왔고, 사람이 없어 허덕이는 회사는 몇 가지 주의 사항을 말해 주고는 그날로 바로 영태를 입적시켰다. 영태는 시인과 한 조가 되어 사고가 나던 날까지 후산부로 일했었다.
 시인으로선 영태의 죽음 이후 막장은 아주 먼 곳 아니면 전혀 모르는 곳으로 생각되고, 그런가 하면 두려운 먹빛 보자기가 되어 얼굴을 뒤집어씌우기도 했다. 다시 한번 막장을 확인하고 싶었다. 그리고 떠나고 싶었다.

 굴이 낮아져 가고 있었다. 머리를 부딪히지 않으려면 고개를 옆으로 기울이거나 허리를 잔뜩 구부려야 하건만, 생각을 놓고 골똘했던 걸로 시인은 머리를 사정없이 부딪히는 바람에 등줄기가 찌릿한 아픔과 함께 정신이 돌아왔다. 영태가 옆에 있었다면 킥킥하며 웃었을 것이다. 안전모를 쓴 탓에 머리는 띵 하는 충격만 받을 뿐 다치지는 않았다.

"이봐, 시인! 시인은 오늘 우측 노부리로 가라고."

박 씨의 소리에 시인은 고개를 저었다.

"그래, 우측 노부리로 와. 내가 그리로 갈 테니."

이번엔 일년 내내 도시락 반찬을 노가리 무침만 싸 오는 최 씨가 거든다. 시인은 아랑곳하지 않고 좌측 석탄층을 따라 노부리로 향해 장화를 철벅거리며 들어섰다.

광산 생활 십 년 지내면서 한 번도 발에 딱 맞는 신을 신는 것은 고사하고, 대충 맞는 장화 한번을 제대로 받아 보지 못했다.

광차에서 통나무를 내린 후, 그 위에 무너지듯 주저앉았다.

속내의가 그새 땀에 절어 어깨뼈에 찰싹 달라붙는다. 천천히, 모두 말없이 담배를 피워 물었다. 입 걸기로 소문난 하 씨도 시인의 눈치를 살피며 한쪽 날만 있는 손 곡괭이로 석탄층을 톡톡 두드리고만 있다. 둔탁한 소리를 내며 부스스 탄가루가 쏟아진다. 동바리 위에 걸터앉아 담배를 든 시인의 손가락이 몹시 어색해 보이고 심하게 떨리고 있었다.

조급하게 빨아들인 담배 연기 탓에 사레가 들린 시인은 콜

록대면서도 재빠르게 막장을 살펴보았다.

일주일 전과 달라진 것이 있다면 영태가 없다는 것과 새로 넣은 동바리가 좀 더 늘어난 것뿐이다. 모두 시인의 심사를 건드리지 않으려는 듯 담배를 끄고 일을 시작했다.

시인이 하던 일을 지난 일주일 동안 박 씨가 했었던 듯 착암기를 잡는다. 착암기에 노미를 끼우고 물 호스와 공기 호스를 연결하자 곧 노미는 타, 타타 하는 파열음을 내며 사정 직전의 사내처럼 격렬하게 몸체를 떨기 시작했다.

천공이 시작되자 막장 안은 돌먼지로 희뿌옇게 뒤덮였다. 최 씨는 화약통에서 다이너마이트를 가져다가 뇌관을 꽂기 시작했다. 다이너마이트에 가늘고 짧은 뇌관을 익숙한 손놀림으로 재빠르게 꽂는 최 씨의 손을 바라보던 시인은 입을 실룩이며 벌떡 일어났다.

순간, 작업조 사람들에게 긴장감이 흘렀다. 시인은 그러나 다시 털썩, 제자리에 주저앉아 고개를 양 무릎 사이에 처박았다. 착암기의 파열음은 계속되고 최 씨가 두어 번 시인의 어깨를 두드리더니 불붙인 담배를 손에 쥐여 준다.

사고가 났던 일주일 전, 그날도 별반 다를 것이 없었다.

단지 그날은 작업조 교대에 따라 주휴가 안 나는 바람에 갑방과 병방을 거듭하게 되었다. 굿문에서 감독에게 방우리 작업 배치를 받았다.

방우리는 좌현 층 제 일 노부리 캐빙 막장이었다. 후산부는 A조와 B조로 나뉘었는데 영태는 B조에 속해 있었다. 중간쯤 가다가 화약고에서 화약 뇌관 열다섯 개, 다이너마이트 스물세 박스와 석탄을 퍼 담은 철제 상자에 쇠줄을 달고, 그 쇠줄을 멜빵에 연결해서 사람이 끌고 나오는 것이다. 쟁기 진 소가 연상된다. 쟁기 대신 철제 쓰레받기를 사람이 메고 기어서 운반하는 것이 다르기는 하지만…….

막장에서 담배 한 대씩을 피우고 조금 앉았다가, 동바리 끝을 풀고 노미로 구멍을 뚫기 시작했다. 그날은 세루도 적고 암반도 없어서 구멍을 뚫기가 수월했다. 탄통에 여섯 구멍을 뚫고 약을 재운 다음 뇌관에 담뱃불을 붙였다.

뇌관에 붙은 불을 본 다음 아래 연층으로 내려와서 공기를 틀어 놓고, 발파라고 소리치니 노부리에 있던 영태가 기어 내려왔다. 노부리는 허리를 펼 수 없을 만큼 낮은 데다 탄맥을 따라 구불구불 이어져 있다. 거기다 경사가 심해서 기어오르는 것도 힘들었다.

기어오르기도 힘든 길고 좁은 굴속을 하루에도 몇 번씩 다니는 일은 수십 킬로 통나무의 무게와 경사진 각도, 그리고 몸의 균형이 모두 맞아야만 조금이라도 덜 힘이 든다.

영태는 시인을 보고 히죽 웃었다. 시인의 얼굴이 알아보기 힘들 정도로 새카맣다는 뜻이리라.

곧 발파 소리가 들렸다. 꾸웅……, 꿍…… 귀가 멍하다. 다섯 발만 터지고 한 발은 불발이다. 십 분쯤 지나자, 연기가 고약한 냄새를 동반하고 연층으로 내려왔다. 영태는 구역질하며 연신 침을 뱉었다. 아직 햇 돼지라 화약 냄새가 허파를 자극하는 모양이었다.

막장으로부터 삼십 미터쯤 바깥쪽에 구부러진 곳으로 나와 다른 선산부 김 씨가 나누어 주는 담배에 불을 붙였다.

땅속 이천 미터의 막장에서는 속눈썹에 바짝 갖다 댄 손가락도 보이지 않는다. 그야말로 암흑이다. 그래서 그런가 캡프는 생각보다 밝다. 빛이 직선으로 나아가면서 금세 담배 연기 자욱해진 갱도를 비춘다. 환상적이다. 실신했던 몸이 다시 제자리를 찾는 것 같다.

시인이 일어서자 다른 사람들도 엉덩이를 털고 일어서면서 피우던 담배를 지하수가 모여 흐르는 도랑으로 집어 던졌다. 담배는 빨갛게 짧은 선을 그으며 도랑으로 떨어져서 치직하며 죽었다. 화약 연기가 갱도 바깥쪽을 향해 서서히 밀어 헤치며 안개 속을 더듬듯 천천히 기어 나가고 있다.

"자, 시작해 보지. 오늘 돈 좀 벌어 볼까?"

시인의 말에 영태는 재빨리 맞장구를 쳤다.

"오케이!"

시인은 영태가 너무 돈을 밝히는 것이 맘에 걸렸다.

시인은 크로스 일에서 귀를 대고 굴진팀이 나오는지 확인하고 영태와 둘이 광차에 올라탔다. 경사를 따라 내려가는 광차에 가속이 붙었다.

"오른발 밑에 칫대 밟아."

영태가 오른발을 내다보니 페달 같은 게 있었다. 말하자면 브레이크 페달이다.

"가속이 너무 세게 붙으면 칫대가 말을 안 들으니까, 속도 조절을 잘해야 해."

굿문에서 약 오백 미터 지점 천연가스로 폐쇄된 폐광 앞을 지나칠 때쯤 광차의 속도는 귓전에서 바람 소리가 들릴 만큼 빨라졌다.

"칫대 밟아!"

힘껏 칫대를 밟았지만, 광차는 쉽게 속도를 줄이지 않는다. 영태는 슬며시 겁이 났다.

"레일 타자, 레일 위로 발 내려."

발바닥이 뜨거워서 못 견디겠다고 생각될 때쯤 광차가 느릿해졌다. 발 쪽에서 고무장화 타는 냄새가 올라온다.

시인이 햇 돼지 영태를 위한 교육의 실전이었다.

"광차 대고 조구 문 따."

시인의 말이 끝남과 동시에 영태는 광차를 대고 조구 문을 열었다. 반들반들한 미끄럼틀을 타듯 우당탕 퉁탕거리며 쏟아지는 탄 소리가 흥겹게 들렸다.

'오늘은 부지런히 곡괭이질만 하면 되는구나. 탄 덩어리만 깨면 되니까. 세루도 별로 없고…….'

영태가 움직일 때마다 머리의 캡프가 둥실둥실 원을 그리며 빛을 만들어 내고 있다. 그 동작으로 보아, 영태도 신이 나 있다. 벌써 돌아와서 흩어져 있는 석탄을 삽으로 모으고 있었다.

영태는 시인보다 다섯 살이나 어리고 여위었지만, 시인보다 힘이 좋고 일도 잘했다. 햇 돼지인 탓이리라.

"많이도 말고 스무 구르마만 하자. 그러면 일당치고는 충분하고도 넘으니까."

막장 작업은 네 명이 한 조가 되어 기본 할당량이 있고, 기본량을 초과하면 성과급이 나온다. 광산은 도급제라서 그날그날 일당이 달라진다. 이 일당 때문에 크고 작은 광산 사고가 끊이지 않는 것이기도 했다. 도급제는 폐지되어야 하건만, 업주들이 광부를 쥐어짤 수 있는 유일한 것이므로 아마 폐광되기 전에는 없어지지 않을 필요악이다.

그날은 후산부가 바쁜 날이었다. 큰 광산엔 전차가 있지만, 쫄딱구덩이는 일일이 손으로 광차를 밀고 다녀야만 했다. 그나마 철로 만들어진 광차일 경우엔 덜 했지만, 몇십 년째 쓰는 나무로 만들어진 광차를 밀기란 그것이 습기에 무거워진 탓에 있는 힘을 다해야만 했다. 광차에 가득 찬 탄을 운반하는 소리가 들려왔다.

막장은 완전히 붕락해서 탄 덩어리로 가득 쌓여 있었다. 곡괭이로 건드리기만 하면 와르르 쏟아졌다. 가끔 천장에서 떨어지는 돌덩이만 골라내면 되었다. 여덟 구르마를 빼고 나니 탄이 거의 없어졌다.

시인은 다시 노미로 구멍을 뚫고 다이너마이트를 터뜨린 다음, 밖으로 나와 불이 벌겋게 지펴진 고야에서 약식으로 채 익지도 않은 라면을 먹고 잠시 눈을 붙였다. 몽정이라도 하려는 듯 하의가 부듯해 오는데 감독이 깨워 겨우 눈을 뜨고 다시 막장으로 들어갔다. 탄은 지난밤보다 더 많이 쏟아져 있었다.

"오! 내 사랑, 내 돈. 형! 나 이곳에서 일 년만 두더지 노릇 하면 졸업할 때까지 주욱 학교 다닐 수 있을 것 같아."

영태는 쌀가루를 만지듯 탄가루를 만지며 검은 얼굴에 허옇게 이를 드러내며 웃었다. 석 달 동안 지내면서 영태는 조금 늙어 보였다. 햇 돼지 티를 벗으려는 첫 징조였다.

열 구르마를 더 빼고 보니 탄이 없었다. 시계를 보니 아침 일곱 시, 광산 밖은 이미 해가 떴으리라. 시인은 빨리 나가 아침 해를 보고 싶었다.

"야, 교대 시간도 가까워지고 탄도 없으니 쉬었다가 그만 나가자. 조금 모자라는 것은 내 월급에서 채워 줄게."

"안 돼, 형. 두 개만 더하면 스무 갠데……, 내가 공동 막장에 들어갈 테니까 형은 뒤나 봐줘 봐."

탄이 쏟아지고 난 막장은 엄청나게 넓은 동굴 같았다. 천장이 보이지 않는 데다 가끔 돌과 탄이 쿵쿵거리며 떨어지기까지 한다.

시인이 말릴 사이도 없이 영태는 잽싸게 뛰어 들어가 쌓여 있는 탄 덩어리를 건드리고 뛰어나왔다.

그러곤 시인을 향해 말했다.

"이제 한 구르마만 하면 돼. 그러면 스무 구르마야. 내가 입적하고 최고의 날인데? 오늘은 삼겹살에 막소주로 한 주발? 목구멍의 탄 때 좀 씻어 내자."

영태는 손가락 두 개를 펴 보였다.

"너도 이젠 탄쟁이 다 됐구나. 소주에 삼겹살 찾는 걸 보니."

영태가 펴 보인 손가락 두 개가 스무 구르마를 나타내는 것인지, 승리를 뜻하는 것인지 아리송했다. 그때 갑자기 안쪽 위에 있던 큰 탄 덩어리가 천천히 밀려 내려와서 공동 막장 중간에 딱 멈추었다. 영태는 곡괭이를 들고 그 덩어리를 캔다며 들어갔다.

"그만둬. 위험해."

영태는 시인의 말을 겁내지 않았다. 처음 광산 생활을 시작한 신출내기들이 돈 욕심이 나서 겁을 내지 않고 달려들 듯이 영태 역시 마찬가지였다.

"이쯤일 텐데……, 탄이 단단해서 잘 깨어지지 않는데."

영태가 뒤로 말을 보내며 살짝 머리를 내미는 순간, 갑자기 우지끈하는 소리와 함께 큰 탄 덩어리가 영태의 머리 뒤쪽으로 떨어진 것이다. 암흑이다. 귀에서 웽웽거리며 마치 작은 모터 돌아가는 것 같은 소리가 들렸다. 순간 사고임을 느꼈다. 영태는 곡괭이를 든 채 머리만 탄 덩이와 뒤에서 떨어진 탄 덩이 사이에 그대로 꼭 끼어 버렸다.

"영태야."

시인은 영태를 향해 악을 쓴다고 생각했으나 그저 서 있었다. 발이 움직여 주질 않고, 목소린 점점 안으로 숨어 버렸다. 무슨 일인가 싶어 A조, B조가 왔을 땐, 시인은 이미 제정신이 아니었다. 그러나 정신이 온전한 A조, B조도 가까이 갈 수가 없었다.

시인의 캡프가 나갔다. 박살 난 것이다. 코에서는 비릿하고 찐득한 것이 흘러나왔다. 주머니를 뒤져 라이터를 꺼냈다. 애지중지하던 휘발유 라이터, 입갱 때마다 감시를 피해 몰래 감추어 다니던 것이다. 꺾어진 동바리 부분에서 탄과 덩어리 석탄, 잡석들이 쏟아져 내려와 있었다. 오른손에 라이터를 켜 들고 막장 쪽을 향해 정신없이 뛰었다. 달리던 시인은 자빠지면서도 계속 소리를 질렀다. 영태의 몸은 부르르 떨리며 곡괭이를 떨어뜨렸다. 곡괭이는 툭 하는 둔탁한 소리를 내며 맥없이 떨어졌다.

한번 쏟아지기 시작한 탄은 계속 쏟아졌다. 영태는 점점 더 묻히고 있었다. 마침내 영태의 모습은 완전히 묻혀 버렸다. 그 위를 새로운 탄과 돌들이 덮이고, 새로이 또 떨어지고 있었다.

누군가가 사고를 알리려 막장 밖을 향해 뛰어나갔다.

잠시 후 감독과 작업을 마치고 정리하며 밖으로 나갔던 사람들이 다시 뛰어들어왔다.

시인은 영태가 마지막 하나를 더 채우려던, 탄이 반쯤 찬 그 광차에 실려 정신을 잃은 채 밖으로 나왔다. 남은 사람들은 쏟아지던 탄이 멈추기를 기다렸다가 구조 작업을 시작했다. 그러나 구조 작업은 새로운 사고가 날까 조심하느라 늦어졌다. 사고가 난 후 여덟 시간이 지나서야 구조되었다.

영태의 머리는 석탄과 피가 섞여 으그러져 형체가 없었다.

영태는 그렇게 이별 인사를 할 사이도 없이, 시인이 형 노릇을 해 볼 기회도 주지 않은 채, 장난을 치듯 '악'이나 '억' 같은 비명조차 질러 보지 못하고, 아주 사나운 모습으로 떠나 버린 것이다.

'스물다섯. 네 꿈. 네가 다니던 대학. 다 어떡하고 너는 어딜 가는 거냐. 대답해 봐라.'

그러나 영태는 눈도, 귀도, 코도, 입도 모두가 뒤엉켜 뭉개져서, 시인이 감겨 줄 눈과 쓰다듬어 줄 영태의 얼굴은 없었다.
 병원에서 보호자 확인을 위해 영태의 몸을 보았을 때, 의외로 영태의 몸이 하얗고 마른 것에 놀랐었다. 영태 몸의 중간 부분인 사타구니가 시인의 눈에 들어왔을 때, 시인은 참을 수 없는 울음을 터트렸다. 갑자기 영태가 총각 딱지도 떼지 못하고 갔으리라는 엉뚱한 생각은 시인을 새로운 슬픔에 몸부림 치게 했다. 시인은 떨리는 손으로 영태의 몸을 쓰다듬어 주었다. 차갑고 싸늘한 기운만이 손바닥으로 전해져 왔다.

 "이봐! 그만들 하고 여물들 먹자. 젠장맞을, 오늘은 일하기 더럽네. 온통 세루뿐이니……. 마누라 해산달이 낼모렌데, 이래서야 미역국이나 끓여 주겠냐."
 박 씨의 말에 최 씨가 맞받아친다.
 "딸 넷에 또 낳는다고? 자넨 아주 구멍 파는 일이 질리지도 않나, 굴속에서 파고, 집에 가서 또 파고 하게."
 "이봐, 시인! 시인도 이리 오라고. 산 사람은 살아야 해. 우리 같은 막장 인생이 언제까지 고개를 타래밀고 한숨만 쉴 수 있나! 내 이따 한잔 살 테니, 와서 여물이나 같이 먹어."
 그 소리 뒤로 영태의 말이 뒤따른다.
 '형, 난 대학 졸업하면 작은 시골 동네 국민학교 선생으로

갈 거야……. 형, 얼른 장가가. 그래서 아들 낳으면 내가 이름 지어줄게. 근사하고 출세할 이름으로…….'

시인은 천천히 일어섰다. 그리고 착암기로 다가가 힘껏 틀어쥐었다. 막장은 시인의 손길을, 아니 도전을 기다린다는 듯 거만하고 음흉스러운 몸통으로 버티고 서 있다.

시인은 힘껏 착암기를 막장에 꽂았다. 을반 사람들은 조용히 도시락 뚜껑을 열고, 말없이 숟가락을 집어 들었다.

"난 영태를 버리지 않아. 절대로, 절대로 버리지 않는다고."

시인은 포효에 가깝게 소리 질렀다. 막장은 그저 끄떡없이 버티고 있을 뿐이었다.

그의 눈 밑으로 까망 이슬이 뚝뚝 떨어져 내렸다.

_ 처녀작, 1995년 한국여성문학상 수상

해설 | 이송희 (시인·문학평론가)
집의 부재, 떠도는 주체들

| 해설 |

집의 부재, 떠도는 주체들

이송희 시인·문학평론가

1.

 '마침내 서서히, 빈 집'은 경변의 단편 제목이면서, 이 소설집의 분위기를 관통하는 상징적 의미를 암시적으로 품고 있기도 하다. 가스통 바슐라르의 말처럼, 집은 짐승 떼, 폭풍우로부터 인간을 방어하는 저항resistance의 상징에서 시작하여 인간의 위대함과 가치를 완성하는 공간이다. "집은 세상 일에 지친 우리를 다시 회복시키는 데 아주 탁월한 공간이며 집에 대한 감정은 우리가(사람 및 공간과) 관계를 맺고 휴식하고 회복하면서 경험하는 느낌들에서 나온다"라고 했던 존 S. 앨런의 말은 집이 단순히 사람이나 동물의 추위, 더위, 비바람 등을 막아 주기 위한 일차원적인 공간을 넘어서 있음을 환기한다. 그의 말 속에는 집이 "인간의 손과 도구로 지어"진 물리적 요소에만 머무는 것이 아니라 "우리의 뇌를 통해 지어졌다"라고 인식하는, 심리적 공간으로서 집의 의미가 담겨 있다. 집을 통해 얻게 되는 내적인 안정과 보호는 치유의 공간으로 거듭나면서 집의 소중한 의미가 더욱 드러나는 것이다.

경번의 소설에 등장하는 주체들의 집은 철거가 임박해 있거나 균열이 가 있으며, 춥고 어둡고 적막하다. 평온함과 안정감은 없고 불안과 고독으로 가득 찬 집 안은 싸늘하고 막막하기만 하다. 주체는 집다운 집이 아닌 그 공간조차도 곧 비워줘야 하거나 이미 집으로부터 버림받은 존재가 되었다. 그들은 집의 기능과 역할을 잃어버린 집마저도 부재한 상황에 놓여 있다. 또한 경번의 소설을 읽다 보면, 비좁은 골목이나 지하 계단을 내려가는 일이 빈번하다. 비교적 어둡거나 적막하거나 음악 소리 등으로 시끄러운 공간이 대부분이고, 어쩌다 열린 공간이라면 혼자 있는 경우가 많다. 소설 속 주체들을 따라 어둡고 잘 정돈되지 않은 골목을 걷다 보면, 그곳엔 지하로 내려가는 계단이 있거나 커튼에 가려진 문이 있다. 누군가는 자신의 어두운 그림자를 만나러 가거나, 내면에 품고 산 내밀한 언어들을 토로하기 위해 그곳을 찾거나 또 다른 누군가는 은밀한 관계를 나누기 위해서 그곳을 찾는다.

경번의 소설에서 공간과 관계에 주목하게 되는 이유는 여기에 있다. 공간의 이동과 변화는 인간관계의 단절 혹은 소통의 한계를 경험하게 하며 인간의 불안과 공포, 우울감과 고립감 등의 심리적 문제와 관련되기 때문이다. 갈수록 개인이 소비하던 물리적 공간의 영역은 줄어들어 가지만, 그럼에도 공간은 우리에게 어떤 방식으로든 영향을 줄 수밖에 없다. 어떤 물질이나 물체가 존재할 수 있거나 어떤 일이 일어날 수 있는 장소라는 공간空間, space의 사전적 의미는 공간이 외형적 조건보다는 '인간의 조건'이 더욱 중요하다는 것을 보여 준다. 우리가 기본적으로 의식주를 해결하고 관계를 맺는 모든 생활이 공간 속에서 이루어지기 때문이며, 우리는 그 여러 공간을 거쳐 새로운 공간을 만들고 재구성하며 관계를 맺기 때문이다. 그 모든 공간의 근본이 되는 곳은 집이다.

경변의 소설 속 주체들은 대부분 정상적인 인간관계를 맺지 못하는데, 이것은 그들이 거주하고 일을 하고 자주 찾는 공간과도 깊은 관련이 있다. 유독 좁은 골목이 많이 나오는 경변의 소설에서 작가는 관계 맺기의 어려움을 이야기하려는 듯하다. 큰길이나 쭉 뻗은 길에서는 비교적 소통이 원활하고 관계 맺기도 수월한데 가파르고 비좁고 어두운 골목길일수록 소통이 어렵다는 것을 암시한다. 비좁은 골목의 지하 공간은 더욱 감춰진 영역이라 소통이 쉽지 않다. 계단은 수평적인 관계가 아니라 수직적인 관계를 만들면서, 권력의 개입이나 위계질서 등을 표상한다. 소설 속 주체들은 지하의 공간을 찾는 경우가 많은데, 계단을 내려가 각자 자신들의 방식으로 내밀한 이야기를 펼친다. 이들은 가족으로부터 연인으로부터 사회로부터 상처받고 버림받으며, 치유나 회복을 경험해 보지 못한 존재들이 대부분이다. 다시, 권력과 사랑의 관계에 관해 이야기해 보자. 권력이 있는 곳에는 사랑이 존재할 수 없다고 했다. 칼 융C.G.Jung에 의하면 일반적으로 사랑의 반대는 미움이나 무관심이지만 심리적으로 보자면, 사랑의 반대는 권력이다. 권력 자체는 중립적이지만, 권력이 사랑Eros과 함께 하지 않는다면 공포와 보상 욕구만 불러일으켜 폭력과 재앙을 낳을 뿐이다.

일방적인 권력 추구는 '진정한 관계 맺음'을 불가능하게 만든다. 가령, 「마침내 서서히, 빈 집」에 등장하는 남편의 폭력은 남편이 갑甲이고, 남편에게 의지하는 여자는 을乙로 만든다. 권력 구조가 형성되면 진정한 사랑의 교감이 이루어지기 어렵다. 「사우다드」의 관계도, 「진홍토끼풀밭에 밤이 내리면」에 등장하는 관계도 진정한 사랑 대신 위계적인 권력관계가 맺어짐으로써 피상적인 인간관계를 만들어 낸다. 말하자면, 수평적 관계 맺음이 어려울 뿐만 아니라 누군가는 권력의 개입으로 상처받거나 트라우마trauma를 겪게 될 수밖에 없다. 권력을 추구하려는 자와는 진정한 관계 맺기가 어렵다.

시끄러운 음악이 흘러나오고, 어둡고 창문이 없는 밀폐된 공간은 소통이 제대로 되지 않은 고립된 공간을 표상한다. 이 공간은 함께 있긴 하지만 각자만의 세상에 갇혀 있는 비극 속에서 살아가는 존재들의 내면이기도 하다. 그런데 그것이 무엇이 잘못된 것인지 모르고 살아가는 것이 더 큰 문제다. 비정상적인 관계들을 맺고 있는 결핍된 주체들이 이 공간을 찾는다. 그런 점에서 이들은 집이 없는 존재들이다.

2.

균열은 미세하지만 청결한 세면대 위의 부주의한 머리카락처럼 선명하다. 여자는 녹슨 줄자의 끝을 팽팽히 당겼다가 놓는다. 무뎌 보이는 모양새와 달리 줄자는 순식간에 여자의 손등을 할퀴고 제 집 속으로 빨려 들어간다. 선홍색 핏물이 금세 배어 오른다. 여자는 미간을 조금 찌푸렸을 뿐 아랑곳하지 않는다. 불의의 일격에 손등을 베이는 일쯤이야 익숙하다. 오히려 상처의 결을 따라 망설이는 듯 조금씩 배어 오르는 따뜻한 피가 안도감을 준다. 여자는 한결 홀가분해진 표정으로 다시 줄자의 끝을 잡아당긴다. 줄자의 한쪽 면은 붉은 눈금의 센티로, 다른 한쪽은 녹색 눈금의 인치로 표시되어 있다.

_ 「마침내 서서히, 빈 집」에서

지어진 지 오래된 이 집이 마침내 서서히 붕괴하여 가고 있다는 걸 알아차린 직후부터 지금까지 균열은 변함없이 칠 센티미터에 머물러 있다. 하지만 여자는 잠을 자는 동안에도 부풀어 오르는 식빵의 갈색 표면이 탁탁 터지는 것 같은 선명한 소리를 들었다. 소리는 좁고 긴 복도의 허술한 합판을 타고 그녀의 침실까지 전달되고 있었다. 여자는 소리를 따라 밤바람이 스며드는 복도의 벽에 뺨을 대고 더듬더듬 걸었다. 깜깜한 복도에서 몇 번이고 길을 잃었다. 선명하게 그녀의 발걸음을 재촉하던 소리가 어느 순간 뚝 끊기고 나면, 한참 동안 꼼짝 못 하고 서 있다가 날이 희미하게 밝아 올 무렵에야 간신히 침실을 찾아 기어들곤 했다. 소리의 진원지가 복도 맨 끝의 욕실이라는 걸 안 것은 불과 삼 개월 전의 일이다. 청보랏빛 어둠 속에서 한껏 예민해진 청각이 기어이 그녀를 굳게 닫힌 욕실 문 앞으로 이끌었고, 여자는 거칠게 문고리를 돌렸다. 그러곤 전등 스위치를 올리자마자 불개미의 대열처럼 살아 움직이는 선명한 균열을 보았다.

─「마침내 서서히, 빈 집」에서

집이 없으면 불안하고 초조하다. 그러나 작가는 집이 있어도 집이 온전하지 않으니, 그 누구도 제대로 보호받거나 안정을 취하지 못하고 위태롭게 살아간다는 것을 보여 준다. 그들은 항상 위험에 노출되어 있다. 집에 균열이 있어 오래 머물 수가 없다. 집이 집의 기능을 모두 잃어버린 경우다. 부부 사이에도 이미 신뢰가 깨진듯하다. 사람이 사람에게 집의 역할을 해 주어야 하는데 신뢰가 깨졌으니 이제 얼마나 더 오래 머물 수 있을지 알 수 없다. 부재중이었던 남편이 찾아오는 날에는 늘 아내에게 폭력을 일삼았지만, 아내는 남편이 사 준 시계를 들여다보며 서서히 붕괴되어 가는 집에서 줄자로 균열의 길이를 재며 남편을 기다린다. 여기 남자와 여자는 정상적인 부부의 모습을 보여 주지 않는다. 집 없이 떠도는 방랑자 혹은 이방인 같은 존재와 다르지 않다. 그러다 보니 인간관계에 신뢰가 없고 사랑이 없다. 그러나 그럼에도 남편을 그리워하고 의지하려 한다는 점에서 스스로 비극을 자초한 것으로 보인다. 경번의 소설 속 여성 주체들은 남자에게 신뢰가 없다. 남자에게 기대거나 의지할 수 없으니 고통스럽게 오히려 남자에게 집착하는 것이다. 또는 불안하니까 관계를 어떻게 해야 할지 갈등하거나 망설이거나 죽음 충동에 시달리기도 한다. 서로가 서로에게 집의 역할을 하지 못하고 있기 때문이다.

"아내가 아팠다고, 당신의 존재를 알고 난 후 고통스러운 숨을 몰아쉬다가 일주일 동안 무려 사십 도를 오르내리는 고열에 시달렸다고, 의사가 긴 검진 끝에 원인 불명의 바이러스성 발열 현상이라는 기괴한 진단을 내렸을 때, 나는 이상스럽게도 당신의 얼굴이, 나를 보면 곧장 희미하게 웃곤 하는 당신의 얼굴이 떠올랐"(「사우다드」)음을 말했어야 했다고 생각하는 남자의 태도는 진정한 안식을 얻지 못하고 서로에게 불안하게 의지하는 모습을 보여 준다. 그런 생각을 품고 있는 남자에게 여자는 원망이나 증오, 복수심을 품는 것이 아니라 오히려 그 남자의 안위를 걱정하고 있다. 더구나 "잘 살고 있는가……?" 전화하여 여자의 생사를 확인하는 것 같은 남자의 모습에서는 양가적인 애증의 갈등이 읽힌다. "당신이 처음은 아니야, 아내가 아닌 여자와 잔 게."(「진홍토끼풀밭에 밤이 내리면」)라는 현석의 말에 설희가 현석을 쉽게 떠나지 못하는 것도 서로에게 길들여져 그 관계를 깔끔하게 정리하지 못하는 것에 대한 두려움과 불안을 갖고 있기 때문이다.

경번의 소설에 등장하는 온전하지 않은 관계들을 통해 작가는 무엇을 알리고자 하였을까? 그들이 머물렀거나 다녀간 공간은 어떤 의미와 상징으로 가득 차 있는지 돌아보게 된다.

작가는 우리가 살아가면서 무엇을 놓치고 있는지, 우리가 무엇을 기억하고, 회복해야 하는지 고민하는 지점에 함께 서 있다. 피상적이고 형식적인 인간관계에서, 그리고 고립되고 소외된 상황 속에서 진정한 만족과 평화를 가질 수는 없을 것이다. 사람을 조건 없이 사랑하고, 자신의 행위에 대한 무한 책임을 지려는 자세를 통해 진정성 있는 인간관계를 맺을 때, 우리는 우리의 삶을 온전하게 살아낼 수 있을 것이다. 삶의 불행도 행복도 결국은 진정성에서 온다는 것을 그들은 우리에게 일갈하고 있다.

여자는 무릎 위에 놓여 있던 오리알을 그대로 둔 채 의자에서 벌떡 일어섰다. 속이 빈 오리알이 텅텅 소리를 내며 바닥을 굴렀다. 곧바로 여자의 무방비 상태인 얼굴에 주먹이 날아왔다.
"더러운 암캐."

남편은 넘어져 있는 여자의 블라우스 앞섶을 능숙하게 움켜쥐었다.

"너희는 개보다 못해! 발정 난 똥개들이야."

타액이 여자의 얼굴로 튀었다. 여자는 두려움 때문에 남편의 손에 가위가 들려 있는 걸 보고도 몸을 피하지 못했다. 예리한 가위가 여자의 상체를 빠르게 스쳤다. 블라우스가 맥없이 갈기갈기 찢어졌다. 슬립 위로 드러난 여자의 맨살은 성한 데가 없다. 남편은 징이 박힌 구두 뒤꿈치로 여자의 정강이를 힘껏 걷어차고는 유유히 공방을 나갔다. 공방 안에 있던 사람 중 누구도 여자에게 다가오지 않았다. 여자는 혼자 의자를 잡고 일어났다. 그리고 너덜거리는 블라우스 위에 누구의 것인지도 모를 카디건을 주워 입었다.

"왕관 쓴 오리알은 아이들도 좋아하겠죠? 편식하는 자녀에겐 삶은 오리알에 왕관 장식을 해서 먹여 보세요. 아마…… 맛있게 먹을 겁니다."

_「마침내 서서히, 빈 집」에서

남자의 아내는 알 공예를 한다. 소설에는 "알은 굳이 인공적인 기교를 가하지 않아도 그것 자체가 완벽한 대칭의 미를 갖고 있는 아름다운 자연물"로 묘사된다. 여자는 "폴리스타이렌으로 만든 인공 알에 핀을 눌러 꽂아 액자를 만들거나, 아직 온기가 남아 있는 흰 달걀을 염색 염료에 담갔다가 진하게 물이 들여지면 어미의 똥과 체온이 묻어 있는 둥지 속의 알에 대해 생각"한다. 그러다 공방에서 남편의 폭력이 자행된 날, "남편에 대해서 단 한 번도 수강생들에게 이야기하지 않은 것"이 불찰이었음을 뒤늦게 깨닫는다. 그리고 재료를 다 소진한 후 수강생 마흔일곱 명에게 삼백십구만 육천 원의 돈을 환급한다.

아이러니하게도 알에서 새로운 생명이 나오려면 알에 균열이 있어야 한다. 알의 껍데기를 뚫고 나오지 못하면 그 안에서 생명은 썩어서 죽고 만다. 알을 깨는 행위 자체도 쉽지 않다. 줄탁동시啐啄同時라는 말처럼 새로운 생명이 알에서 나오려면 알의 안팎에서 함께 알을 쪼아야 한다는 것이다. 그러나 여자 곁에는 아무도 남아 있지 않다. 알을 혼자서 깨고 나와야 하는 것인데 지금 그것이 여의치 않다. 「사우다드」의 여자도 결국 남자가 자신이 아닌 아내의 곁으로 떠나자 꽃집 문을 닫고, 「진홍토끼풀밭에 밤이 내리면」의 설희도 현석의 마음을 붙잡지 못하고 결국 현석이 다른 여자를 만나는 것을 그저 지켜만 볼 뿐이다. 서로가 서로에게 집이 되어 주지 못한 경우는 「너를 기억한다」와 「연화, 마주치다」의 남자와 여자도 마찬가지다. 그들은 서로가 서로에게 집이 아님을(되어 줄 수 없음을) 알아차린 존재처럼 보인다. 이미 많은 트라우마를 간직한 자들끼리는 서로를 치유하거나 회복시킬 수 없다는 것을 아는 것일까?

자궁도 집이고 새들이 낳는 알도 집인 것처럼, 생명을 보호하고 지켜 주고 성장할 수 있게 해 주는 곳 또한 집인데, 그

집에서 벗어나야 살 수 있다. 여기에서 집은 위태로운 울타리이자 굴레와 같아서 계속 머물러 있으면 죽을 수 있다. 생명이 알의 껍데기를 깨고 나오는 것과 똑같다. 늘 부재중인 남편은 집에 머물러 있지 않는 존재다. 남자에게 여자가, 여자에게 남자가 하나의 집일 수 있다. 휴식처가 될 수 있고 안식처가 될 수 있는데 서로에게서 안식을 취하지 못한다. 이것도 하나의 빈집인 것이다. 남편의 부재는 그 자체로 이미 비어 있는 집이다. 한편 여자가 공예 하는 대상인 알은 '온전하다'라는 의미를 지니고 있다는 점에서 아이러니하다. 알은 '모든 것을 갖추다, 모든 것을 이해하다'라는 뜻이 있다. 우리가 무언가를 알고 있다고 말하는 '알다'의 어원도 이 '알'에서 온 말이다. 모든 것을 전체적으로 파악하고 있다는 의미에서다. 부분 부분이 아니라 전체적이고 유기적으로 이해했다거나 보았다는 개념으로 '알다'라는 말이 왔다. 그래서 주몽과 박혁거세 등 한 나라의 왕이 알에서 태어났다는 것은 신성성 부여의 의미도 있지만, 한 나라의 국조國祖로서 어떤 위엄과 모든 것을 다 갖춘 특별한 존재임을 부각하기 위해 난생卵生을 통한 신성성을 부여한 것이라고 한다.

또한 알을 낳는 '새'는 '사이'의 준말이다. 이 '사이'는 '하늘과 땅 사이'가 된다. 하늘과 땅 사이를 자유롭게 오가는 존재가 새다. 신과 인간을 연결해 주는 영매의 역할을 새가 한다고 여겨서, 새가 낳은 알에 신성성을 부여하는 것이다. 알은 생명을 품고 있는 것이고 생명을 잠재하고 있는 존재다. 그러나 반복하지만 알에서 벗어나야 한다. 알은 온전한 생명으로 잉태된 것이 아니라 아직 잠재된 단계이기 때문이다. 생명이 알에 머무는 시간이 가장 긴장되고 불안하고 초조한 시기다. 조금만 방심하고 안일하게 행동해도 알 안에서 죽어 버리기 때문인데, 경번 소설의 여성 주체들은 아직 알에 머물러 있다. 어미 닭이 알을 품듯이 계속해서 사랑과 관심을 쏟아야 한다.

여자가 알 공예를 하는 이유는 무엇일까? 알도 한 번 삶아졌거나 장식을 위한 수단으로 쓰이는 것은 생명을 보호하고 지키는 역할을 잃었음을 의미한다. 달걀 속에서 생명이 깨어나려고 해도 줄잡아 21일의 시간이 걸리듯, 집에서 나오려고 해도 시간이 걸릴 것이다. 남자는 이 집에 살지 않으니 시간에 구애받을 일이 없지만 여자는 자꾸 남편이 사 준 시계를 본다. 균열은 이곳에서의 삶이 얼마 남지 않았다는 것을 보여 주는 암시다. 빈집은 가정이라는 양식이나 형식을 갖추지 못한 상징성을 보여 주고 있다. 특히 이 집은 남자가 남편으로서, 여자가 아내로서 역할을 하지 못하는, 근본적인 동거가 상실된 공간이다. 정상적인 가정의 형태를 못 가꾸고 있으니 균열이 생길 수밖에 없다.

어둠은 가려지고 감춰진 것을 상징하며, 어둠 속에 있는 것은 공식화되지 않는 것을 의미한다. 많은 사람 앞에 당당하게 드러낼 수가 없으니 어둠 속에서 모든 게 은밀하게 이루어진다. 말하자면 이미 주체들에게 집의 역할은 사라진 것이다. 하지만 경변의 소설 속 여성 주체들은 쉽게 미련을 버리지 못하고 있다. 집착이든 증오든 모두 스스로 감당해야 하는 업보 karma다. 마침내 서서히 빈 집이 되어 간다는 것은 집은 원래 비게 되어 있다는 의미이면서, 집에 계속 머물면 더 이상의 자유가 없다는 것을 의미하기도 한다. 균열은 남에게 의지하지 말고 자신의 삶을 스스로 선택해서 살아야 함을 암시하는 듯하다. 칠 센티에 머물러 있던 균열은 줄자를 잃어버린 후 더 이상 잴 수가 없다. 균열을 더 이상 재지 못하는 것은 이제 균열을 통제할 수 없다는 의미일 수 있다. 남편과의 관계든 유산流産된 자식이든 균열을 피할 수 없다는 것을 보여 주는 불가피성을 이야기한다. 여자는 균열된 집 안에서 당신과의 관계를 맺어가며 내 삶을 이어가고 싶은 것인지 모른다. 집을 나와야 하고 알은 깨뜨려야 하는데 여자는 쉽게 못 벗어난다. 그래서 그녀들의 삶이 일그러진 것이다.

3.

"동운…… 이라고, 어젯밤에 전화가 왔었어. 둘만의 송년회를 하고 싶다고, 만나자 하는데 거절했어. 그랬더니 자기 손에 면도칼이 있다고, 죽을 수도 있다고…….."

설희는 밤새 입안에 고여 있던 말들을 내뱉었다. 현석은 아무 말이 없었다. 난감하다고 할 수밖에 없는 표정이 일순간 얼굴을 뭉개듯 스쳐 지나갔다.

— 「진홍토끼풀밭에 밤이 내리면」에서

「진홍토끼풀밭에 밤이 내리면」에서 현석의 아내도 자궁이 없다. 남편과의 관계가 생산성이 없는 형식적인 관계라는 것을 암시한다. 남편은 무언가 결핍이 되고 부재된 상태를 다른 많은 여자를 만나면서 벌충하려고 하는 것으로 보인다. 설희는 대화도 안 되는 이 남자에게 자꾸 끌린다. 자살할지도 모르는 동운에게 미안한 마음이 있다. 계절은 겨울, 다 감추는 속성이 있다는 점에서 상반된 색이지만 어둠과 닮았다. 쉬어야 하고, 모든 것이 멈춰 있고, 움직임도 없다는 점에서 밤과도 유사하다. 고요한 시기이지만 극단적으로 말하면 죽음의 계절이고, 모든 것이 감추어져 있는 계절이기도 하다. 눈이 내림으로써 활동성이나 움직임도 둔화된다.

눈은 차갑다는 점에서 뜨거운 열기의 계절이 아니라 냉정의 계절이다. 인간관계에서 냉정해질 필요가 있는 계절인데, 작가는 냉정해지지 못한 모습을 자꾸 보여 준다. 냉정하지 못한 관계에서 문제가 발생한다. 동운은 내가 이성적으로는 좋아하지 않지만, 그에 대한 생각 역시 냉정하게 끊어 내지 못한다. 현석을 만나는 중에도 동운이 생각을 자꾸 하고 있다는 점에서 인간관계에 대한 진정성이 없음을 보여 준다. 현석이도 설희도 피상적이고 형식적인 인간관계, 즉 영혼이 빠진 육신의 만남만을 유지할 뿐이다. 그러니 사람을 만나도 외로울 수밖에 없다. 겨울로 시작해서 겨울로 끝나는 배경은 한여름의 열정이 사라져 버린 관계를 상징적으로 표현하기 위한 설정으로 보인다. 진정성도 애정도 없이 피상적으로 만난 인간관계는 인간에 대한 모욕이며 무례함이다.

설희는 그만 되돌아가고 싶었다. 자신의 단출한 방, 울리지 않는 핸드폰을 바라보며 혼자서 맛없는 밥을 먹고, 벽을 향해 혼잣말하는 자신의 일상으로 돌아가고 싶었다. 사실 설희의 일상은 오래전부터 고여 있었다. 그 공간은 무엇보다 생명의 약동이 없었다. 혼자 있는 밤이면 어쩔 수 없이, 그동안 겪어온 삶의 모든 기억이 고립되고 봉인된 것처럼 느껴지는 연속의 날들이었다. 마치 인생 자체가 전진을 원하지 않는 것처럼 고단했다. 설희가 밝은 쪽으로 나아가는 것을 막는 힘이 자기 자신의 몸속에 대기하는 것처럼, 그때마다 주춤거리며 길을 잃었던 시간을 모두 합하면 얼마나 될까, 그런 생각이 들 때가 많았다.

가던 길을 되돌아 그가 가까이 다가왔다. 현석의 걸음걸이와 고갯짓 하나하나가 골목길의 축축한 공기를 뒤흔들어 놓았다. 그리고 설희에게 부드럽게 속삭였다.

"왜? 나랑 다니기 싫은 거야?"

귓가에 뜨거운 입김이 느껴졌다.

"아니, 이 골목길이 마음에 안 들어서 그래."
현석은 대수롭지 않다는 표정을 지으며 골목길을 두리번거리며 훑어보았다.
"둘만의 공간으로 가고 싶어."
현석은 그제야 고개를 끄덕였다. 그러고는 설희의 손을 잡고 골목 안쪽으로 걷기 시작했다. 둘의 발소리가 좁은 골목 위로 맞지 않는 박자처럼 울렸다.

─「진홍토끼풀밭에 밤이 내리면」에서

공식화되지 않았고 당당하지 못한 관계이니 그들은 대부분 더럽고 남루한 좁은 골목길을 지날 수밖에 없는 것이다. 더구나 남들 눈에 띄지 않은 곳에서 만나야 하는데, 그 관계도 연기를 하는 듯한 느낌이다. 생산성 없는 관계에서 도대체 얻을 수 있는 것이 무엇인가? 설희가 마지막에 눈길에 넘어진 것은 똑바로 서지 못하고 자기 삶을 제대로 못 살아가는 상황을 상징적으로 보여 준 것으로 읽힌다. 주체적이지 못한 여자의 삶, 누구를 원망할 필요가 없다. 스스로 그 삶을 선택한 것이므로.

4.

남자가 오지 못한 일주일 사이에는 여자의 생일이 있었다. 남자는 새삼 여자의 왼손 무명지無名指에 끼워져 있는 모조 호박琥珀 반지를 본다. 조악한 디자인에 개미가 한 마리 들어가 박혀 있다. 그녀가 끼고 있는 건 가짜다. 원래 호박 속에는 거미, 개미, 파리, 곤충류와 조류의 날개 등이 들어 있는 것이 있는데 그것은 수천만 년 전 수목으로부터 흘러나온 수지樹脂에 들어간 것이 그대로 화석이 된 것이다. 근래에 와서는 플라스틱이나 송진을 녹여서 개미 등을 넣어 인조로 만든 모조품이 범람하고 있다. 남자는 정색하고 그 반지를 빼라고 했지만, 여자는 쑥스러운 웃음만 지을 뿐 남자의 말에 따르지 않았다. 여자의 작은 손에 비해 반지는 너무 컸고 그 속에 박힌 시커먼 개미는 고통스러워 보였다.

어느 날은 붉은빛이 도는 그 두껍고 투박한 플라스틱 속에 갇힌 검은 개미의 몸체가 여자의 울먹이는 얼굴로 보이기도 했다. 어쨌든 여자의 왼손 약손가락에 단단히 끼워진 모조 호박 반지는 일종의 자학自虐으로 비칠 때가 많았다. 그 때문에 남자의 두 번째 용건은 반지에 관한 것이다.

_「사우다드」에서

「사우다드」를 통해 다시 '진정한 애정'이 결핍된 관계는 지속된다. 반지는 관계를 표상한다. 여자가 낀 반지는 모조품에다 크기도 안 맞다. 자기에게 딱 맞지 않은 인연이거나 진정성이 결여된 관계라는 뜻이다. 반지 속 개미는 여왕개미를 위해 일방적으로 노동하고 헌신하는 존재이지만 뭔가를 주고받는 관계는 맺지 못한다. 굳이 이야기하자면 여자가 꽃집을 운영하는 것 자체도 갈등의 요소가 될 수 있다. 꽃은 자연에서 스스로 번식하기 위해 존재하는 것인데, 꽃집은 꽃을 가져와 판매하는 곳이란 점에서 꽃의 번식을 방해하는 공간이 되기도 한다. 여자는 집에 난蘭을 두 점 키운다. 집에 있는 난은 식구이며 가족의 개념이다. 이 여자가 일주일 동안 꽃집 문을 열지 않은 것은 집의 난을 살리기 위해서였다. 난이 아프고 남자의 아내도 아프다. 그 남자의 아내에 대한 죄책감으로 그 난과 남자의 아내는 동일시의 대상이 된다. 이 남자의 아내가 아프지 않아야 죄책감이 덜 할 텐데, 거기에 대한 대속代贖의 의미로 난을 살리려 했던 것은 아니었을까. 하지만 결과적으로 난을 살리지 못하고 죽인 꼴이 되었다. 평생 죄책감을 느껴야 할까?

   난들은 결국 죽었다. 검은 반점들이 날마다 하나씩 늘더니 어느새 딱딱한 갈색 잎으로 변해서 뚝뚝 부러졌다. 여자의 집에는, 아니 방에는, 아니 방의 창가에는 이제 자갈들만 소복이 쌓인 허전한 난 분 두 개만이 덩그러니 놓여 있다. 여자는 그걸 볼 때마다 속이 쓰리다. 될 수 있으면 안 보려고 노력하지만 차마 그것들을 내다 버릴 수는 없다. 그 안에서 힘들게 꽃대를 피워 올려 유백색의 순결한 꽃잎을 틔워 애잔한 향기를 풍기던 큰 애와 작은 애의 기억을 지울 수 없기 때문이다. 고통스럽지만 그 애들에 대한 기억은 여자의 몫이다.

                                     _「사우다드」에서

남자는 비겁하게 도망쳤고, 여자는 남자를 잡지 않는다. 그것이 난의 죽음으로 나타난 것이 아닐까 싶다. 꽃꽂이는 생명을 앗아가는 것이며, 넓은 의미에서 남의 사랑을 가로채는 행위와 다르지 않다. 식물은 벌이나 나비를 유인해서 식물들의 번식을 도모하려 아름다운 꽃을 피우는 것인데, 더 이상 꽃이 사람들의 눈요기를 위해 판매의 대상이 되면 안 된다는 것이다. "기억의 행복과 결핍의 슬픔"은 무슨 말일까? 기억이 행복해지려면 지나간 순간이 만족스러워야 한다는 것이고 결핍의 슬픔은 지난날에는 있었으나 지금은 없다는 말인듯하다. 지난날에는 다 갖추고 있었고 만족스러웠으나 지금은 갖추지 못하고 부족하다는 느낌으로 다가온다.

  여기 이쯤이라 생각되는 모퉁이를 여러 개 돌아보았지만, 어느 골목에서도 술집 연화는 쉽사리 나타나지 않았다.
  골목 자체가 불명확해져 버렸다. 밤이 아니라서 찾기 어려운 것일까. 정확한 오차와 비슷한 확률을 가지고 다음 날 저녁에 다시 가 보았을 때도 연화는 있지 않았다. 간판이 없어진 거라면 깊은 계단을 한 작은 출입구라도 있어야 할 텐데, 그 부근의 어디에도 그것은 존재한 적이 없는 것처럼 묘연했다.
  머릿속의 뇌수가 제멋대로 출렁이는 듯 혼란에 사로잡힌 나는 하릴없이 부근을 맴돌다가 철거가 진행 중인 건물의 잔해들 속에 남겨진 기둥에 기대어 섰다.
  그때였다. 어디선가 푸드덕, 새가 나는 소리를 들었다. 소리를 좇아 허공으로 시야를 확장한 나는 문득 공중에 매달린 카메라 렌즈로부터 멀리 줌 아웃 되듯이 어둠 속으로 망연히 멀어지는 내 모습을 볼 수 있었다. 다시 셔터 누르는 소리가 울렸다.

_「연화, 마주치다」에서

「연화, 마주치다」에는 트라우마가 있는 두 남녀가 등장한다. 상처가 있는 사람들끼리는 서로 통하는 바가 있다. 무언가 마음의 교류가 있기 때문이겠지만 상처가 있는 사람들끼리는 서로를 치유하기는 힘들다. 소통과 공감은 되지만 치유나 회복으로 넘어가지 못한다. 아마 그 한계를 극복하지 못해서일 것이다. 춤을 추면서 트라우마를 감당해 내거나 극복하는 것이라고 보긴 어렵고, 트라우마나 스트레스를 완화하는 혹은 잊게 하는 수단이었던 것은 아닐까. 이곳에서도 어김없이 지하에서 만남이 이루어진다. 작가는 내면에 은밀하게 감춰져 있는 트라우마나 상흔을 지하라는 상징적인 공간으로 보여 주는 것은 아닐까? 술집 연화에서 만난 여자는 남자의 내면이 그대로 투사된 대상이다. 그래서 연화를 찾는 것은 자기의 상처를 만나러 가는 것과 같다.

연화에서 만난 그녀가 보여 주는 상처나 트라우마는 불편하다. 소통이나 공감이 되긴 하지만, 그 과정을 통해 뭔가 아픔이 치유되고 회복되는 느낌은 없고 무언가 계속 불편하고 껄끄럽다. 그것이 근본적인 상처 치유의 방법이 아니기 때문이다. 일종의 회피 혹은 도피라고 해야 할까? 진정한 상처 치유가 아니라 망각을 선택하거나 도피를 선택하거나 자기 부정을 선택하거나 하는 것인데, 남자는 그 대신 갈등과 고민을 선택한다. 연화에서 만난 그녀의 모습이 곧 자기의 모습이라는 걸 아는 남자는 그 모습을 보며 다시 씁쓸함을 느낀다.

도대체 어디로 도망갈 수 있는가? 그 어디라도 도망친 곳에는 낙원이 없다고 하지 않았던가. 연화를 둘러싼 주변 풍경이 철거되고 있는 골목에 서서 남자는 과거의 자신과 헤어지는 연습을 하는 듯하다. 과거를 붙들면 앞으로 나아갈 수 없으니 헤어짐을 선택하는 것이겠다.

5.

「진홍토끼풀밭에 밤이 내리면」의 동운도, 「너를 기억한다」의 해원도 죽음 충동을 경험한 존재들이다. 죽음 충동은 정말 잘 살고 싶다는 다른 표현인데, 지금 사는 것이 잘 살고 있는 것이 아닌 것 같다는 것을 보여 주는 행위 중 하나다. 인간의 가장 큰 욕망이 생존욕_{生存慾}인데, 그 욕망까지 부정해 가면서 죽겠다고 하는 것은 역설적으로 삶에 대한 열정이 강하다는 것을 의미한다. 경번의 소설에서 골목과 지하 공간 외에도 수시로 등장하는 복도는 과정과 절차를 표상하는 공간으로 진정성이 사라진 인간관계, 파탄이 나버린 믿음, 사랑의 망각, 고립, 회피, 도망, 의지박약의 삶이 지나가는 곳이다. 진실로 사랑하는 것이 없으니 여전히 외로울 수밖에 없다. 신체의 병도 마음의 병에서 비롯된 경우가 많다. 중요한 것은 경번의 소설 속 주체들이 마음에 병이 깊다는 것이다.

마음이 움직일 때는 무언가에 만족하거나 기쁨을 느낄 때가 아니라, 부재나 결핍을 느낄 때다. 기쁨이나 만족이 충만했을 때는 마음 자체가 사라진 것처럼, 마음이 작동하지 않는다. 그런데 부재나 결핍, 고통이나 슬픔을 느낄 때는 마음이 활발하게 움직인다. 결국 주체는 늘 부재나 결핍 속에서 마음을 제대로 다스리지 못하는 것이다. 지유가 혜원에게 하는 위로의 말은 결국 자기 자신에게 하는 말이다. 세상을 대하는 태도가 곧 자기 자신을 대하는 태도이므로 곧 나를 염려하고 걱정하는 것이다. 괜찮기를, 별 탈 없기를 바라는 마음이 그대로 해원을 향한 이야기 속에 투영이 된다. 현대인들은 종교든, 예술이든, 심리치료든, 대인관계든 그 무엇으로도 위로받기는 고사하고 안녕이나 평화조차 찾지 못한다. 그래서 우리가 서로에게 거울 역할을 해 주는 것이 필요하다. 서로가 서로에게 거울이 되어서, 자기 모습을 바라볼 수 있게 도와주는 것이야말로 진실로 절실한 것이다.

"너, 아직도 죽음에 대해 생각하니?"

벽에 그려진 장발의 존 레넌을 쳐다보던 지유가 나지막이 말했다. 해원은 병맥주를 빙빙 돌리다 "죽음?"이라고 되물었다. 그녀는 곧 말꼬리를 올리며 눈을 깜박이며 지유를 쳐다보았다.

그리고 그녀가 답했다.

"한때는 죽음을 동경했었지만, 그것도 부질없는 망상이었단 생각이 들더라. 사실 죽음을 두려워해 본 적은 없어. 언제든 마음만 먹으면 행할 수 있는 그런 것이라 여겨 왔는데, 갑자기 죽음 뒤에 무엇이 남을까 생각해 보게 되었어. 죽음을 택할 만큼 내가 그렇게 대단한 존재도 아닌걸. 그런 생각도 이젠 조심스럽게 들어. 한마디로 주제 파악을 하게 된 거지."

말끝에 해원은 허탈한 웃음을 지었다.

지유는 해원의 말을 듣고는 조금은 꼿꼿하게 세웠던 허리를 의자에 기댈 수 있었다. 그녀는 해원이 한고비를 넘긴 것 같다고 여겼다.

_「너를 기억한다」에서

해원은 록카페에서 "외로움과 상처의 몸짓이죠."라고 말하며 자기 내면을 표현하는 마임mime같은 춤을 춘다. 세상과 남자로부터 받은 상처를 못 견디고 "매일 나를 구속하고 있는 무언가에 짓눌려서 숨이 막힐 것만 같았어. 그래서 친구들을 불러내 술을 마시게 되었"는데 자신의 일기장을 몰래 훔쳐보던 남자는 자꾸 이러면 해원을 정신병원에 넣을 것이라고 겁

박했음을 털어놓는다. 번역 아르바이트도 하지 못한 채 자신을 방에 가두었던 그에게서 벗어나지 못했음을 고백한다. 마치「마침내 서서히, 빈 집」에 등장하는 아내와 닮았다. 지유는 "모든 잘못이, 그의 삐뚤어진 행동이 자기 탓이라는 말만 내뱉었"던 해원의 말을 기억한다. 그녀는 "그가 자신을 스스로 학대하는 것도, 집기들을 던지고 폭행하는 것도, 전적으로 그녀 자신 때문"이라고 했었다. 그래서 해원은 "그 사람이 시키는 대로 몇 달간 아침부터 밤늦도록 그가 돌아오기만을 기다리며 집에만 틀어박혀 지냈고, 그는 수시로 전화를 걸어 그녀가 집에 있는 것을 확인했다고 덧붙였다."라는 해원의 말을 들어주기만 하고 얼마 지나지 않아 그 남자와의 동거가 끝났다는 소식을 듣는다.

  밤이 점점 깊어졌지만, 시간을 확인하지 않고, 뭔가를 묻지도 않고 고개를 끄덕이지도 않은 채 지유는 "그토록 견딜 수 없던 시간도 지나고 나면 다시 그리워지니 시간이란 얼마나 많은 어제를 집어삼킨 구멍인가 생각"하며 "이 얼마나 수고로운 인생인가?" 곱씹어 본다. 아마도 지유가 한 이 마지막 말을 작가도 하고 싶었을 것이다. 소설 속 주체들이 머물렀거나 잠시 스친 공간이 공통으로 싸늘하고 어둡고 소란스러웠다는 것은 그만큼 드러내고 싶지 않은 것이 많았음을 의미한다. 그들이 잘 보이지 않고 잘 들리지 않은 곳으로 걸어가는 이유이며, 빛도 물도 없고, 곧 붕괴될 위험에 처해 있는 집을 지키거나 남자가 찾아오지 않는 가게의 문을 닫아 버리는 행위는 결국 자신에게로 온전히 되돌아가지 못했음을 보여 주는 행위일 수 있다.

경번 작가는 온전하지 않은 관계, 애정이 결핍된 이들의 삶을 통해 '집'의 존재 의미를 곱씹어 보고 진정 우리가 갖추어야 할 것이 무엇인지 생각하게 한다. 그는 모든 길의 출구는 나 자신을 먼저 알고 사랑하는 데서 시작된다는 것을 말하려는 듯하다. 경번의 소설 속 주체들은 출구를 인지하면서도 출구 반대편으로 가려 하거나 출구 앞에서 머뭇거리는 경우가 많다. 무슨 염려와 불안이 있어 자신의 삶을 살지 못하는 것일까? 자기 삶은 그 누구도 대신 살아줄 수 없다는 것을 모르는, 모호한 주체들이 곧 철거되거나, 이미 철거가 진행 중인 골목을 서성인다. 경번 작가는 이들을 품으며 멀어져 가는 그들의 모습 속에서 여럿의 삶을 사는 중이다.

작가의 말

| 작가의 말 |

 먼 길을 돌아와 읽고 쓰기의 수난을, 백지에 문장을 쏟아내는 일을 기어이 하고 있다. 나에게 쓰는 일은 어느새 하고 싶은 것들에서 우선순위가 되었다.

 이제 익숙한 것들과 결별의 시간이 다가오는데, 아직도 서성이고 있는 나를 발견한다. 차마 미워할 수 없는 이들을 소설 속에 담아내며, 그들과 함께 걸어왔다는 생각이 든다.

 글쓰기의 삶이 가진 진의를 고유한 인장으로 자연스럽게 새기고 있는 듯하다. 앞으로의 여정에서도 지치지 않고 부지런히 쓰는 사람으로 살아가고 싶다. 그리하여 오래전부터 꿈꾸던 솟대를 향하여 한 걸음 더 나아갈 수 있기를 소망한다.
 책이 가진 운명에 따라 그 누군가에게 가 닿았을 때 부디 아프지 않기를 바란다. 경험만으로는 대신할 수 없는 다양한 이야기가 어딘가에서 다시 나를 기다리고 있을 것 같다.

느릿한 나의 속도를 견디어 주며 함께해 준 분들이 있다. 사제지연師弟之緣으로 한결같이 보듬어 주시는 윤한로, 채희윤, 최희영 선생님, 예리한 시선으로 문장을 다듬어 준 김윤정 서평가, 새롭게 인연이 되어 소중한 글을 써 준 이송희 시인, 작은 것이라도 일깨움을 주시는 심영섭 선생님, 항상 명쾌한 격려를 아끼지 않으시는 하응백 선생님께 감사의 마음을 전한다. 인생의 한 시절에 이 모든 분들을 만날 수 있었던 건 호운이었다.

아울러 마음으로 늘 곁을 내어 주며 다정한 응원을 보낸 분들도 기억하며 고마움을 전한다. 마지막으로 나의 엄마께 사랑한다는 말을 담아 이 책을 드린다.

2024년 가을

경번

다시 작가들 09

화담
경번 첫 소설집

초판 1쇄 인쇄·발행 2024년 11월 9일

지은이 경번

펴낸이 윤한로

편집/교정 김윤정
디자인 임정호
마케팅 기획 이은숙 한연경

펴낸곳 다시문학
등록 2017년 3월 16일
등록번호 제385-2017-000023호
주소 14057 경기도 안양시 동안구 시민대로 383 디지털엠파이어 B동 808호
전화 031 8086 7999

ⓒ 경번, 2024
ISBN 979-11-976820-7-0

값 17,000 원

* 잘못 만들어진 책은 구입처에서 교환해 드립니다.
* 이 책의 판권은 지은이와 다시문학에 있습니다.
* 이 책 내용의 전부 또는 일부를 재사용하려면 반드시 양측의 서면 동의를 받아야 합니다.
* 이 책은 (재)김포문화재단 2024 김포예술활동지원사업의 지원을 받아 발간되었습니다.

GCF 김포문화재단
Gimpo Cultural Foundation